民国世界文学经典译著·文献版（第七辑：各国中短篇小说）

◆短篇小说集◆

Alhambra

英国小说名著

[英] 哈代 等著 伍光建 等译

SJPC
上海三联书店

图书在版编目(CIP)数据

英国小说名著 / 施落英编纂；伍光建等译 .
—上海：上海三联书店，2017.8
ISBN 978-7-5426-6004-6

Ⅰ . ①英… Ⅱ . ①施… ②伍… Ⅲ . ①短篇小说—小说集—英国
Ⅳ . ① I561.4

中国版本图书馆 CIP 数据核字（2017）第 175082 号

英国小说名著

著　　者 / [英] 哈代等
译　　者 / 伍光建等

责任编辑 / 陈启甸
封面设计 / 清　风
责任校对 / 江　岩
策　　划 / 嘎　拉
执　　行 / 取映文化
监　　制 / 姚　军

出版发行 / 上海三联书店
（201199）中国上海市闵行区都市路 4855 号 2 座 10 楼
电　　话 / 021-22895557
印　　刷 / 常熟市人民印刷有限公司

版　　次 / 2018 年 4 月第 1 版
印　　次 / 2018 年 4 月第 1 次印刷
开　　本 / 650×900　1/16
字　　数 / 160 千字
印　　张 / 10.25
书　　号 / 978-7-5426-6004-6 / I.1286
定　　价 / 62.00 元

敬启读者，如发现本书有印装质量问题，请与印刷厂联系 0512-52601369

民国世界文学经典译著 · 文献版

出版人的话

中国现代书面语言的表述方法和体裁样式的形成，是与20世纪上半叶兴起的大量翻译外国作品的影响分不开的。那个时期对于外国作品的翻译，逐渐朝着更为白话的方面发展，使语言的通俗性、叙述的完整性、描写的生动性、刻画的可感性以及句子的逻辑性……都逐渐摆脱了文言文不可避免的局限，影响着文学或其他著述朝着翻译的语言样式发展。这种日趋成熟的翻译语言，推动了白话文运动的兴起，同时也助推了中国现代文学创作的生成。

中国几千年来的文学一直是以文言文为主体的。传统的文言文用词简练、韵律有致，清末民初还盛行桐城派的义法，讲究“神、理、气、味、格、律、声、色”。但这也在一定程度上限制了情感、叙事和论述的表达，特别是面对西式的多有铺陈性的语境。在西方著作大量涌入的民国初期，文言文开始显得力不从心。取而代之的是在新文化运动中兴起的用白话文的句式、文法、词汇等构建的翻译作品。这样的翻译推动了“白话文革命”。白话文的语句应用，正是通过直接借用西方的语言表述方式的翻译和著述，逐渐演进为现代汉语的语法和形式逻辑。

著译不分家，著译合一。这是当时的独特现象。这套丛书所选的译著，其译者大多是翻译与创作合一的文章大家，是中国现代书面语言表述和中国现代文学创作的实践者。如林纾、耿济之、伍光建、戴望舒、曾朴、芳信、李劼人、李葆贞、郑振铎、洪灵菲、洪深、李兰、钟宪民、鲁迅、刘半农、朱生豪、王维克、傅雷等。还有一些重要的翻译与创作合一的大家，因丛书选入的译著不涉及未提。

梳理并出版这样一套丛书，是在还原中国现代文学史上的重要文献。迄今为止，国人对于世界文学经典的认同，大体没有超出那时的翻译范围。

当今的翻译可以更加成熟地运用现代汉语的句式、语法及逻辑接轨于外文，有能力超越那时的水准。但也有不及那时译者对中国传统语言精当运用的情形，使译述的语句相对冗长。当今的翻译大多是在著译明确分工的情形下进行，译者就更需要从著译合一的大家那里汲取借鉴。遗憾的是当初的译本已难寻觅，后来重编的版本也难免在经历社会变迁中或多或少失去原本意蕴。特别是那些把原译作为参照力求摆脱原译文字的重译，难免会用同义或相近词句改变当初更恰当的语义。当然，先入为主的翻译可能会让后译者不易企及。原始地再现初时的翻译本貌，也是为当今的翻译提供值得借鉴的蓝本。

搜寻查找并编辑出版这样一套丛书并非易事。

首先确定这些译本在中国是否首译。

其次是这些首译曾经的影响。丛书拾回了许多因种种原因被后来丢弃的不曾重版的当时译著，今天的许多读者不知道有所发生，但在当时确是产生过一定的影响。

再次是翻译的文学体裁尽可能齐全，包括小说、戏剧、传记、诗歌等，展现那时面对世界文学的海纳百川。特别是当时出现了对外国戏剧的大量翻译，这是与在新文化运动影响下兴起的模仿西方戏剧样式的新剧热潮分不开的。

困难的是，大多原译著，因当时的战乱或条件所限，完好保存下来极难，多有缺页残页或字迹模糊难辨的情况，能以现在这样的面貌呈现，在技术上、编辑校勘上作了十足的努力，达到了完整并清楚阅读的效果，很不容易。

“民国世界文学经典译著·文献版”首编为九辑：一至六辑为长篇小说，61种73卷本；七辑为中短篇小说，11种（集）；八、九辑为戏剧，27种32卷本。总计99种116卷本。其中有些译著当时出版为多卷本，根据容量合订为一卷本。

总之，编辑出版这样一套规模不小的丛书，把世界文学经典译著发生的初始版本再为呈现，对于研究界、翻译界以及感兴趣的读者无疑是件好事，对于文化的积累更是具有延续传承的重要意义。

2018年3月1日

[英]哈代 等著 伍光建 等譯

英國小說名著

中華民國二十六年六月初版

引言

文學反映社會的意識形態，它只有時代的區分，卻不受國界的限制。所以近世各國表現國民性的國民文學，早已突破國界，一變而爲具有國際性的世界文學了。我們中國因爲僻處遠東，受着地理環境的限制，就很難與世界文壇相接觸；加以我國語言和歐美的相去懸殊，迻譯起來倍覺困難，因此外國文學的介紹工作，也還是近二十年來才開始的。

當林琴南先生用古文翻譯歐美小說的時候，國人的腦海中，除了唐宋八大家之外，簡直沒有別的世界文豪。然而林先生所介紹的作品，都在外國二三流的水準上，況且他自己不懂原文，經過旁人的口述而轉到他的筆下，其正確性自然不言可喻了。直到周樹人周作人先生以直譯的方法介紹『域外小說』，這才找到了眞確的迻譯的門徑。從此以後，由于個人的和團體的努力，世界名著源源輸入中國，于是我們在世界文壇上，也漸漸地登堂入室了。自然這中間也有不少粗製濫造和硬譯死譯的現象，可是翻譯的作品對于中國新文學運動，確實盡過偉大的作用，這是誰也不能否認的。試問今日文壇上有成就的作家，誰個不是受了外國名家的影响的呢？

我們所惋惜的，是中國從開始翻譯外國文學以來，很少做過有系統的工作。從事於介紹的人，往往憑着個人的偏愛，隨便把外國的名著搬進來，有的甚至標榜着某種主義，大吹大擂的替自己宣傳，結果在文壇上引起許多不必要的糾紛，到末了也祗留下幾個主義的空洞的名詞，而始終不能造成一種實際的運動或是產生眞正名副其實的偉大的作品。例如中國雖然有人提倡過浪漫主義，自然主義，唯美主義，未來主義，頹廢主義等等，但是每種主義在國外的代表作品，卻畢竟難以一一拿得出來。便是最風行的作家像托爾斯泰，高爾基，易卜生和羅曼羅蘭等，在國內也還找不出他們的全集啦。

講到短篇和中篇的世界名著，已經譯成國語的確實不在少數了。但是大部份散見於雜誌報章，很少加以有系統的整理，有的經過長久的時間，沒有能夠出版單行本，往往就那樣默默無聞地湮沒了。自然也有許多出了單行本關於某個作家的，或是某個國度的，但從來沒有就世界文學的觀點，加以一次大規模的編纂，以便利讀者作綜合的研究的。我們根據編印中國新文學叢刊的經驗，覺得上述的缺點是應當迅速予以補救的，而且補救所得的效果，一定有很大代價。

這裏，我們所收羅的有一百五十餘位作家，代表三十五個國度。就縱的方面說，從文藝復興期起，一直選到了最近二十世紀的四十年代；就橫的方面說，凡是每一個文藝思潮的主要作家，每一個有文字的民族或國家，這裏都收入了他們的代表作。在編輯的過程中，我們的確遇着了不少困難，因爲我們不僅要選出代表作家，而且要選出代表作品，我們不僅要考訂作家的小史，而且還要從數種中譯文中辨出那最可靠最雅達的一種。現在，我們也許可以不客氣的說：它是世界名著的總匯，它是珍貴佳作的寶庫，它是中國目前文學青年的豐富文糧。當然，我們決不想在這裏做廣告，事實勝于雄辯，願聰明的讀者自己來體會吧。

最後，我們對于每一位譯者，以及所選雜誌或單行本的編者與出版者，均一概謹致熱烈的謝忱。

目次

娛妻記

哈代原著　曾虛白譯

哈代小傳

哈代（Thomas Hardy）逝死到現在，未到十年，他是英吉利近代的代表作家。他在少年時候，對於建築很有興味，後來才從事文學。他的代表作是長篇小說苔絲姑娘（Tess of the Durbervilles）短篇集人生小讖諷，也頗有名。他的筆下，隱隱然帶着厭世觀和定命論，讀後往往令人憮然。他又好描寫故鄉的生活，自然田園的風景地方的色彩，在他的作品中很可以看得出來的。

這篇是從湯姆士哈代 Thomas Hardy 的人生小讖諷 Life's Little Ironies 裏選譯出來的，原名叫 To Pl ease His Wife。這本集子照這樣長短的小說一共有九篇，都是深切動人的作品。我想發奮把全部譯出介紹給讀者。全部的好處，在這一篇裏也可以領略得一個大概。

天池鎮上，聖詹姆士禮拜寺的內部，在一個寒冬的下午積聚着的雲影底下慢慢兒黑暗起來了。這天是禮拜日——聖禮剛畢，講台上牧師的臉蛋埋在他的手心裏，參禮的羣衆發了聲解放的輕歎，剛站起來預備散了。

這一忽兒是這樣地沉寂，所以在海灘外面激盪的水聲也可以聽得。後來祇給照着向例走向西首去開門讓羣衆出去的書記的腳聲把這沉寂打破了。可是他還沒有走到門口，門上的鍵卻從外邊舉了起來，映着光亮現出一個穿着水手衣服的黑影。

書記就往邊上站，那水手輕輕關上了門，走到禮堂的中部，站在聖台的台級上。那牧師剛爲教區裏這許多人禱告之後，很應份地獻着他自己的私禱，不能不擡起頭，站了起來，瞪着闖入者望。

那水手用着羣衆都聽得淸的口音對牧師說道：『請你恕我，先生，我因爲沉船倖逃了生命，到這兒來獻感謝的。我想這是正當的事情，倘然你不反對。』

牧師停了一忽兒，遲疑地說道：『我不反對，當然的。可是向例有這種意思該在行禮的以前聲明，讓我們好在感謝文裏用着適當的字句。可是，祇要你願意，我們也可以用海中風浪過後那程式的。』

水手道：『呀，很好；我是不愛挑剔的。』

書記就拿禱文簿上該用那一段感謝文的地方指給水手看，牧師開始讀，水手在站的地方跪下去，跟着他一字一字的朗誦着。那些人們，看着這經過，祇像目鈍口呆不能動似的，這忽兒也機械地跪了下去；可是他們還繼續着看那水手孤零零的身影，在台級的正中間，堅定地跪着，臉向東，帽子擱在身傍，手交叉着，一點兒沒有感覺到在他們目光中他的顯現。

感謝完了，他站起來；人們也站起來，大家一塊走出禮拜寺。當那水手浮現出來的時候，殘日的餘暉剛照在他臉上，年長的村民開始認淸他不是別人，就是沙達利區饒利甫，一個離開了天池鎭多年的靑年。他是在鎭上生的，很小就沒了爹娘，所以早年就到海上去，做着紐芬蘭的買賣。

他一壁走一壁跟這個那個鎭上人講話，告訴他們，幾年前離開了本鄉之後，就做了一隻海邊雙桅船的船主和佔有者，天保佑的，這次大風暴船和他都沒有損傷。慢慢地他走近兩個從寺場裏出來走在他前面的女郎；他進寺時，她們就坐在寺的中部，很關切地看着他的動作，後來出寺時還在那裏講他哩。這一個是個嬌小溫柔的姑娘，那一個是個高大有計算的女郎。饒利甫船主看着她們鬆輭的髮絡，她們背與肩，一直到她們的腳跟，很有一忽兒。

他低聲問身旁的人道：『這兩位女郎是誰呀？』

『小的是愛彌蓮海寧，高大的，若娜斐巴。』

『噢！我想起來了，不錯的。』

他走近她們的身邊和藹地偷偷看了一眼。

『愛彌蓮，不認得我了嗎？』那水手說着，拿光亮的櫻色眼睛對着她。

愛彌蓮羞縮地道：『我想還認得哩，饒利甫先生。』

那一個女郎瞪着一雙黑眼珠子直對他看。

他接着道：『若娜姑娘的臉我就不能這樣記得淸了，可是我也知道她的小時和她的親屬哩。』

他們一壁走一壁講，饒利甫細述他最近的險遇，直到了斜路的轉角上，這兒就近愛彌蓮海寧的家了，所以她微笑着點了點頭，離開了他們。不多忽兒那水手也跟若娜道了別，可是，並沒有什麼特別的任務或約會，他就掉轉身又走到愛彌蓮的家裏去。她家裏還有一位父親，他自稱爲會計師，可是還得他的女兒開一爿文具舖子來附帶着補充他那好像靠不住的營業的空隙。饒利甫進去的時候，看見他們父女倆正預備着吃晚茶。

他道：『呀，我沒想到這是吃茶的時候了。好吧，我很想喝一杯哩。』

他坐着喝茶並且喝完還坐了好久，又講了些航海的生活。鄰右都要來聽，都給請了進來。不知怎樣，就在這個星期日的晚上愛彌蓮的一顆心交給了這個水手了，再過一兩個禮拜，兩人間就發生了很溫柔的了解。

下月中的一個月夜，沙達拉區出了鎭，在一條又長又直的大道上望東走，想到一個聚着幾所時式房子的高岡村落裏去——假使靠近這老商埠有稱得時式的——忽然看見面前走着個人影，看那回頭望着的姿態，他以爲是愛彌蓮；可是，走近了，卻見是若娜斐巴。他瀟灑地道了好，就傍着她走。

她道：『走遠些吧，別叫愛彌蓮吃醋了！』

他好像不喜歡這個諷示，並不走。

沙達拉區也記不清這次路上說些什些，做些什麽；可是若娜總是用了些什麽方法叫他疏遠她那溫柔些而年輕些的情敵了。從這一禮拜起，人家看見饒利甫慢慢地跟着若娜斐巴的時候多，伴着愛彌蓮的時候少了；不多忽兒村裏就起了種傳言，祇說老饒利甫的兒子，從海上歸來，就要跟若娜斐巴結婚，卻叫愛彌蓮大大的傷心哩。

剛在這種傳言四佈的時候，若娜穿好衣服望外面去散步，預備要穿過一條小街到愛彌蓮家裏去。她耳朵裏也聽到了這位朋友因爲失掉了沙達拉區所感到的深痛，她的良心責備自己不該把他驅走了。

若娜實在並不滿意這個水手。她喜歡的是他的注意，她羨慕的是婚嫁的虛榮；可是她對饒利甫卻並沒有深切的愛情。況且，她是抱大志的，他在社會上的地位卻還沒有她那樣的高，可是一位妖冶的女郎常有配偶高出她多多的男子的機會。所以她心裏常想，倘然愛彌蓮非他不可的話，她決不堅持不肯讓給她的。爲了這個，她已經寫好了封給沙達拉區解約的信，藏在手裏，倘然當面見了愛彌蓮深信她受着痛苦，就想把牠寄去的。

若娜走進斜街，踏進了在馬路平面下的那所文具舖子。每天這時候，愛彌蓮的父親不會在家的，可是好像這忽兒愛彌蓮也出去了，因爲沒有人答應她的招呼。這兒既不常有主顧來，店東離開那末五分鐘本來算不了一回事。若娜就在這小舖子裏等着，在那裏愛彌蓮很精巧地佈置下——像婦女們都能的——各種稍値錢些的東西，來遮飾那存貨的卑劣；忽然她看見窗外面站着個人影，好像專心在那裏察看着幾本六本尼的書籍，幾綑紙卷，和掛着的畫片。這是饒利甫船主，偸偸地向裏邊張望，看愛彌蓮是不是獨自在那裏。她起了個不願在愛彌蓮的地方遇見他的衝動，就偸偸地向後面通到起坐室裏的小門溜進去。若娜以前常這樣的，因爲她和愛彌蓮的交情准她不拘形跡地在屋子裏自由走動。

饒利甫走進舖子來了。隔着遮在玻璃門上的薄帘子，她看得很淸楚，他找不到愛彌蓮，好像很失望的。他剛要走出去，愛彌蓮的身影忽然遮黑了門口，想是做完了事情趕回家來哩，她看見饒利甫往後一退，好像又要出去的樣子。

他道：『別跑，愛彌蓮，別跑！你怕什麼呀？』

『我並不怕，饒利甫船主。祇爲——祇爲我驟然見了你，所以——跳了起來！』她的聲音表示她的心比身上什麼地方都跳得厲害。

他道：『我走過這兒，進來望望。』

她趕緊跑到櫃臺後面：『買些紙嗎？』

『不，不，愛彌蓮；爲什麼跑到這後面去？爲什麼不肯跟我在一塊兒？你像恨我哩。』

『我不恨你。怎能恨你。』

『那末走出來，我們正正經經的講話。』

愛彌蓮帶着笑順從了他，就在舖子的中間傍着他站着。

他道：『這纔是個親愛的。』

『你不該說這話，饒利甫船主；這幾個字已經是別人的了。』

『噢！我明白你的意思。可是愛彌蓮，這個早晨以前，我壓根兒沒有知道你會有一些兒注意到我身上的，要知道了，我決不那樣幹的了。我對於若娜的感情雖好，可是我起初就知道她對我沒有比友誼再深的感情；現在我纔知道那一個是我應該請求做妻子的人。初見面時，我本來最傾向着你的，然而你又那樣退讓，那樣畏縮，所以我以爲你不願我來騷擾你，這纔找上了若娜。』

她嗚咽地說道：『別再說了，饒利甫先生，別說吧！你下月就要娶若娜了，不該——不——不』

『呀，愛彌蓮，我的親愛的！』他說着趁她冷不防把她細小的身材摟抱在懷中。

若娜在窗簾後面，臉色變了灰白，想要移開她的目光，可是不能。

『祇有你，我纔能像個男子愛着未婚妻般的愛着；並且若娜親口對我說的——她很願意放我去！她要往高處聯姻，我知道，對我說「可以」就祇是發善心吧。像她那樣美麗，高大的女郎決不是平凡水手的妻子，你纔是適當哩。』

她吻她又吻她，她柔輭的身體受了他擁抱的激刺在那裏顫抖。

『我怕——你準知道——若娜肯跟你解約的嗎？呀，你能一定嗎？』

『我知道她不肯叫我們吃苦的。她一定肯放我。』

『啨，我望——我望她肯！別多留了，饒利甫船主！』

然而他還徘徊，直等到一個主顧進來要買一本尼的火漆，他纔走了出去。

看見了這一幕綠色的嫉妒籠罩了若娜的全身。她週圍找着偷跑的路。別讓愛爾蓮知道她來過的溜跑，那是必需的。她從起坐室爬進了穿堂，從那裏溜到前門，再偷偷地走到街上。

眼看了這種親熱，竟把她以前打好了的主意整個兒改變了。她不能讓沙達拉區走到家裏，她先拿信燒了，就囑咐她的娘，倘然饒利甫船主來，她身子不好不能見他。然而，沙達拉區卻沒有來。祇來了一封信，用簡單的文字表明他的感想；請求准他利用給他的暗示，就是說她感情不過比友誼稍深了些，把婚約解除了吧。

他眼望着海灣和遠處的海島，在家裏呆呆地等那封不會來的回信。這種焦灼慢慢地受不住了，天黑後他就走到大街上去。他再不能不找着了若娜問問自己的命運。

她的娘說她身子不好不能見他，後來給他盤問了，她纔承認這是接到了他的一封信的結果，因為這封信眞叫她女兒傷心。

他說：『也許你知道牠的內容的了，斐巴太太？』

斐巴承認知道的，還說這眞叫她們苦死呢。沙達拉區，祇怕自己造了重大的罪孽，就說明道，倘然這封信若娜看了當是痛苦，那末完全是誤會了，因為他想是叫她暢快纔寫的。既然這樣，他就遵守着前言，請她祇當這封信沒有寫就得了。

第二天他得着這位姑娘傳來的口信叫他到一個會場上去接她回家。他就照着做，當他們從市政廳走到她門口的路上，她勾着他膀子說道：

『我們還是照以前一樣，是嗎，沙達拉區？你那封信是寫錯的嗎？』

他道：『一切照以前一樣，祇要你願意。』

『我願意。』她說時臉上露出堅決的表示，因爲她想起愛彌蓮來了。

沙達拉區是個信教而謹飭的人，把說話看得像生命一般的寶貴。結婚不久，饒利甫就用着最溫和的方法去對愛彌蓮解釋他誤會了若娜的態度，以爲她對他是冷淡的。

二

結婚一個月之後，若娜的母親死了；這一對新夫婦就不能不注意到切實的生活問題了。若娜既成了個沒爹娘的人，當然不能再讓丈夫漂洋出去；可是要解決的問題是，在家裏他能做些什麽呢？他們最後決定在大街上去盤買一爿雜貨舖，剛巧那家預備要找主顧去接受他們的信用和存貨。沙達拉區經理店務是一些兒不懂的，若娜也懂得有限，可是他們都希望學着。

他們全副精神都灌注在經理這爿雜貨舖，並且繼續着經營了好幾年，可是沒有多大的成效。兩個兒子卻已經生下來了，娘當着偶像般的捧着疼着，雖然從沒有熱情地愛過她的丈夫；她把所有的殷勤撫護都堆積在這兩個孩子的身上。可惜這爿舖子總不能發達，她對於孩子們的教育和事業的偉大夢境都在現實的面前變成了薄霧。他們的教育是最平凡的，祇是，近在海邊，他們對於像他們年紀所最易感受的航海的藝術和經營卻漸漸地生了注意。

饒利甫婚後生活中所最關心的，除了他自己的家庭以外，就是愛彌蓮的婚姻。凡是呈露在外邊的走過了，常有一種巧遇能把藏在沒人注意的黑角裏的人給人家發現出來，所以這個溫柔的女郎卻給一個城裏的富商看見而愛上了。他是一個鰥夫，比她大幾歲，可是還在壯年。起初愛彌蓮說，她總不能，永不能嫁人了；可是賴思德先生沉默地堅持着，到底得了她勉強的承認。他們結合的結果也是兩個孩子，並且，成長而發育，所以愛彌蓮說，她沒有夢想到會有這樣快活的生活。

這個富商的家，常常矗立在老式城市裏又大又結實的磚房子的一所，正對着大街，差不多就在饒利甫的雜貨舖的對門，所以若娜看着爲了自己純粹嫉妒的緣故而搶佔了她位置的婦人，現在在她比較富裕的地位裏低着頭看到這邊自己所管領的橱窗裏面滿堆些塵積的糖麵包，一堆堆的葡萄乾，和茶葉罐子，簡直是難熬的痛苦。賣買一天天地淸淡下來，若娜不得不親自服役，可是愛彌蓮，賴思德坐在對街的起坐室裏，可以眼看她聽着她所竭誠歡迎的兩本尼的下等主顧的一聲招呼，就在櫃臺後面跳上跳下的忙個不了，這是令她懊惱，令她羞愧；這種主顧也是她在大街上應該恭敬地招呼的人們，眼看愛彌蓮帶着孩子們和她的保姆跳跳蹤蹤地走過去，祇跟鎮上和鄰近上等的人們招呼談話。這就是她不讓並非她眞愛的沙達拉區饒利甫把愛情移到別人身上去的好處。

沙達拉區是個良善而誠實的人，他對她的心裏和事實上都誠篤的。經過的歲月已經把他愛慕愛彌蓮的情愫的翅膀剪下來移到愛護他孩子們的母親身上去了；他已經棄置了早年時衝動的幻想，在他現在的眼光中愛彌蓮不過是個普通的朋友。愛彌蓮對他的感情也是一樣。也許，倘然能找得出她一些嫉妒的痕跡，若娜就可稍得些安慰。現在看着自己計劃的結果，愛彌蓮和沙達利區都淡漠地順從着，她的憤恨更加了肥料。

沙達拉區實在沒有那種淺近機警的天才，在許多同行爭勝之中去發展這個零沽營業。假使有個主顧拿着行商強迫他收買的假蛋問他究竟同眞的一樣的嗎，他就要說：『蛋沒有打在布丁裏邊以前，實在嚐不出牠的好壞；』假使有人問他那『眞正冒加咖啡』眞是冒加的嗎，他就會嘻着嘴道：『在這些小舖子裏，你該明白了。』

一個夏日，當那對面大房子反照着威逼的日光射進這邊舖子裏的時候，除了他們夫婦沒有旁人。若娜眼看着愛彌蓮的大門，那裏剛停着輛闊客的馬車。愛彌蓮近來的態度可以證明他們又得了些殷實的主顧。

若娜憂愁地咕噥道：『沙達拉區，老實說，你不是個商人。你生成不是開舖子的，並且像你這樣無目的地抓住了一個職業幹，是沒法子可以發財的。』

饒利甫贊同她的話，不光這次，每次都如此的。他高興地說道：『祇是我並不想發什麼財，我很快活，並且我們也還支撑得過去。』

她又在酸果瓶子做成的屏障裏望着那所大房子。

她痛恨地說：『支撑——不錯。可是看看愛彌蓮，賴思德怎樣的享福，我們老是貧苦！她的孩子要進大學的，那不會含糊；再想想你自己的——沒法子祇好進村塾。』

沙達拉區的念頭飛到了愛彌蓮身上去了。

他還是高興地說道：『照顧愛彌蓮的人，沒有能勝過你的了，若娜，當你勸告她離開了我，並且打斷了我們間那些無知的傻事，這纔讓她當賴思德來的時候可以開口說「可以的」哩。』

這差不多把她氣瘋了。

她用嚴重的哀聲懇求道：『別說那過去的事情吧！可是想想，就算不爲你自己，爲了孩子們，爲了我，我們怎樣纔可以多一些錢呢？』

他也變成了嚴重，說道：『好，對你說了眞話吧，我是常感覺到我自己不配做賣買，雖然我不肯說出來。我要大些的面積纔好施展；一個比較寬曠些的地域去經營，不是在這兒朋友鄰舍的中間。我也能跟別人一樣的發財，倘然照了我自己的路走。』

『我願意你能！那一條是你的路呢？』

『再到海上去呀。』

她實在就是拉住他守在家裏的人，因爲她俍那水手妻子半寡婦的生活。然而現在她的慾望抑制住了她的初意，所以她說：

『你想成功眞在這條路上嗎？』

『我决定不在別的路上。』

『你要去嗎，沙達拉區？』

『爲快活是不去的，我跟你說。在海裏是沒有這種快活，若娜，像我在後面這間起坐室的。老實話，我並不愛海。我一向不很愛牠的。然而爲了你和孩子們的發財起見，那就又是一說了。像我這樣生成長成是個航海者，這就是唯一的一條路。』

『要賺錢得很長的時候嗎？』

『那就說不定了；也許不很長。』

第二天早上沙達拉區從櫃裏抽出他回來時第一個月穿的水手衣，刷掉了蛀屑，穿上了就走到碼頭上去。這個商埠還跟紐芬蘭做着很順利的賣買，雖然沒有以前那樣好。

隔不多久他盡他所有的資本買了個雙桅船的股份，他自己就受任了這隻船的船主。做了幾個月沿海賣買之後，沙達拉區已經抖掉了在雜貨舖裏積聚着的一身大陸的霉銹；到了春天，那隻雙桅船就向紐芬蘭啓旋了。

若娜在家裏帶着兩個兒子過日子，他們都長成了很強壯的少年，就在海灣裏和碼頭上找着做各種的工作。

他們慈愛的母親常對自己說道：『不要緊，讓他們做些苦工吧。現在我們的生活逼着他們不能不幹，可是等沙達拉區回家的時候，他們也不過十七和十八歲，就可以找個先生好好注意他們的教育；祇要他們有了錢，將來也許會跟愛彌蓮，賴思德兩位學着代數和拉丁的寶貝一樣的像紳士呢！』

沙達拉區回家的日子近了到了可是他不來人家勸若娜用不着心焦因爲帆船的行期是向來不準的這種勸慰竟有理由因爲離那算定的日期一個月之後，一個陰雨的深夜，聽說這隻船走得很近了，不一忽兒沙達拉區吉吉各各水手的脚聲在堂塗裏響，於是他進來了。孩子們已經出去可是沒有接着他，若娜一個人坐在那裏。

兩夫婦久別重逢最初的情感過了之後，饒利甫說明遲延的理由是因爲一件投機性的合同，現在竟得了很好的結果。

他說：『我決心不叫你失望，我想，現在你該承認我沒有叫你失望吧！說着他拉出個鉅大的帆布袋，滿滿的，圓圓的，像被茄克殺掉的那巨人的錢袋，解開縛帶，把裏邊裝的東西倒在她的衣裾裏，因爲她坐在靠火的一隻低椅子上。一大堆的奇尼亞（那時候地球上眞有奇尼亞）很沉重地倒在她的衣裾裏，直拿她的衣裳垂到了地板上。

沙達拉區殷勤地說道：『看吧！我早說過，親愛的，我一定做得到；我到底做到了沒有呢？』

她的臉上，經過了突然佔有的激刺之後，卻好像沒有保持着牠的喜色，她說道：『的確，這是不少金子。可是——就這些嗎？』

『就這些？怎麽，親愛的若娜，你知道在這堆裏你要數出三百個金圓嗎？這是一筆家私了！』

『不錯——不錯。一筆家私——在海裏的人看來；可是陸地上的眼光——』

然而爲了目前她暫時擱置這個金錢問題。一忽兒孩子回來了，到了下禮拜日沙達拉區就去貢獻他的感謝給上帝——這一次是用了普通的儀式感謝文上的意大利字了。隔了幾天，提起了處置這筆錢的問題，他就說，看她樣子並不像他所期望的那樣滿意。

她答道：『沙達拉區，你瞧吧，我們是一百一百數；他們是整千整萬數的』（向街那面顚着頭。）『你動身以後，又添了一輛馬車和兩匹馬了。』

『噢！又添了嗎？』

『我親愛的沙達拉區，你還沒有明白這個世界是怎樣運動的呢。然而，我們總該盡力的幹去。可是他們是富，我們還是貧窮！』

這一年的大部份就很淒涼地過了。她鬱悶地在家裏和店堂裏走動，孩子們還在海邊上找工作。一天，他說道：『若娜，我看你的舉動，知道這一些還不够。』

她道：『眞是不够。我的孩子要靠着給顆思德家的船隻把舵過活；可是從前我卻比她闊。』

饒利甫是個不會辯駁的人，所以他祇咕嚷着說想起來他總得再走一趟哩。他盤算了幾天，一天下午從碼頭上回家來，他突然地說道：

『那個我可以給你做了，親愛的，祇須再走一趟，那一定的，祇要——祇要——』

『做什麼呀？』

『叫你不再一百一百的數，要整千整萬的數。』

『祇要什麼呢？』

『祇要我可以帶孩子們一同去。』

她臉上頓時變成了灰白。

她急促地說道：『別說這種話，沙達利區。』

『爲什麼？』

『我不願聽。海上是有危險的。我要他們做些温文的事情，不叫他們冒險。我不肯叫他們到海上去拚命。總不能，總不能！』

『很好，親愛的，不幹就是了。』

第二天，一個靜默之後，她又提出這個問句：

『假使他們跟了你一塊兒去，賺的錢，我猜，就會大不同了嗎？』

『總比着我單人獨馬的出去要多上三倍。祇要我眼睛看着他們就跟多了我兩個自己一樣。』

後來她又說道：『你再講明白些。』

『好吧，我敢說，孩子們使船眞跟老水手一樣的聰明了！在南海裏，沒有再比我們這海灣中沙灘更加曲折的了，可是他們從小就在這裏面練習出來的。並且他們是這樣的鎭定。在六七個比他們大過一倍的人裏邊我也找不出一個像他們這樣鎭定，這樣可靠的呢。』

『可是海上很危險；現在，並且有戰爭的謠言嗎？』

『呀，自然很有些危險。不過——』

這個理想長成而廓大了，慈母的心竟給壓迫而窒息了。愛爾蓮越看越增加了盛氣凌人的氣焰；這是萬難忍受的。沙達拉區的妻子不能不在丈夫面前喋喋不休的怨命。那兩個少年，跟父親一樣的柔順，聽見了漂洋的計劃，都很願意去的；雖然他們，也像父親，並不喜歡海上的生活，可是聽了這計劃的內容，到也很高興地願去。

一切祇等那母親的承認了。她忍住了好久，可是到底說了：少年們可以跟父親一塊兒去吧。沙特拉區聽了異常的高興。上天保護他到了今天，他也沒有忘記過感謝。上帝不會背棄他忠實的信徒的。

饒利甫把他所有的一切都用在這次的經商。雜貨店裏的存貨收縮到最少的限度，祇須讓若娜在他們離家期中足够生活。他們回家的時期總該在『紐芬蘭商業期』結束之後。她自己也不知道怎樣可以挨過這寂寞的光陰，因爲以前還有孩子們伴着她哩；可是她鼓勵自己熬過這個磨難。

三

那隻船上裝滿了靴子和鞋子，做成的衣服，捕魚器，牛油，牛乳餅，纜繩，布，和很多別種貨物；帶回來的是油，皮，革，魚，酸紅果和別種買得到的東西。並且來回路上還要到別的商埠去做交易；當然可以更多賺些錢。

那隻雙桅船在春天某禮拜一的清早啓椗了；可是若娜沒有去送行。她不忍見自己造成的慘象在眼前實現。她的丈夫也知道她的意思，臨別的前晚，祇對她說他們明天在快近晌午時動身；所以當她第二天清晨五點鐘醒的時候，聽見他們在樓底下忙亂，她並不趕下樓去，祇管躺在牀上鎭壓住別離的痛苦，幻想着他們要在九點鐘動身，正像她丈夫上次出門時一樣。後來她下樓，祇見櫃子的斜蓋上用白粉寫着幾行字，可是找不見丈夫跟孩子們了。在幾行匆忙塗劃的筆蹟裏，沙達拉區說他們就這樣去了，不願再讓她嘗着別離的痛苦；他的手蹟底下孩子們寫着『媽媽，再見。』

她奔到碼頭上，向着海灣裏蔚藍的大海邊緣上望去，祇看見這隻『若娜』影影綽綽的桅檣和鼓鼓的風帆；可是看不見一個人影。她瘋狂似的嚷道：『這是我逼他們去的呀！』同時眼淚像泉水般湧出來。走到家裏，白粉寫的『再見』差不多把她的心要搗碎了。然而，當她重新走進前面那間屋子，看着對門愛爾蓮房子的時候，想起快從屈服的奴軛解放出來的希望，她清瘦的臉龐上頓時閃爍着凱勝的光芒。

可是說句公道話，愛爾蓮傲睨的態度祇是若娜腦膜上的幻象。做了富商妻子的環境當然要比若娜奢侈些，這是她不能隱藏的；可是當她們倆見面的時候，——這是不常有的了，——愛爾蓮還要想盡方法免除這個貧富不同的感想。

頭一個夏季慢慢地過了，若娜靠着這爿舖子，勉強地過活，可憐在這舖子裏現在差不多祇賸一口櫥窗和一張櫃臺了，老實說，祇有愛爾蓮是她唯一的大主顧；然而這位賴思德太太不問貨品見東西就買的慈悲態度實在包涵着痛苦的尖刺，因爲這是個庇護者不挑剔的態度，簡直是個施捨者的態度。悠長，凄涼的冬日，一天天的過着；櫃子的蓋已經掉過來貼着牆保存那臨別時白粉寫的字蹟，因爲若娜總沒法自己動手把牠們擦掉，可是每次看牠們時總要用着水汪汪的淚眼。愛爾蓮美麗的孩子們已經放聖誕假回家來了；人家議論着送他們進大學哩；可是若娜還是照舊像個沉淪的苦人兒，熬着氣的生活着。再過一個夏季商業期就結束了。到了這時候，愛爾蓮親自去訪她這昔年的舊友。她聽說若娜開始惶懼了；好幾個月沒有接到她丈夫跟兒子們的來信了。愛彌蓮聽着若娜像暗啞般的招呼,從櫃臺的缺口擠進店堂後面起坐室的時候,她絲織的衣裳傲慢地綷縩着。

若娜道:『你什麼都是得意,我什麼都是反面!』

愛爾蓮道:『可是你爲什麼要這樣說呢?聽說,他們回來,帶着很大的一筆財香哩。』

『咳!他們會回來嗎?這個疑團眞不是個女人能忍耐得住的呀。三個人都在一隻船上——你去想吧!好幾個月沒有得到他們的消息了!』

『可是時候還沒到呢。何必事前先着急哩。』

『他們離家後我所經歷的悲哀沒東西能補償了。』

『那末爲什麼讓他們去呢?你的日子過的也還不錯呀。』

她憤恨地掉過臉來對着愛彌蓮道:『我叫他們去的老實對你說明了理由吧。我忍不住看我們敷衍着過活,你這樣的有錢有勢。現在我揭穿了,你要恨我就請恨吧!』

『我再也不會恨你的,若娜。』

以後她眞證明了這句話的忠實。秋末到了,那隻雙桅船應該來了,可是沙灘的中間始終找不到像『若娜』的影子。這眞到了焦灼的時候哩。若娜饒利甫靠近火爐坐着,每陣微風吹過,她總忍不住打着寒噤。她本來怕着海,恨着海;在她眼光裏這就是個奸詐,浮躁,泥滑的動物借着婦女的悲哀來顯示牠的光榮的。『然而,他們一定回來的!』她還是這樣說。

她忽然想起沙達拉區動身前說過,倘然他們平平安安回到家來,並且事業上面加着成功的冠冕,他一定要像上次沉船以後的一樣,帶着孩子們跪在禮拜寺裏貢獻拯救他們脫險最誠摯的感謝。所以她不間斷的每天早上和下午到禮拜寺去,坐在靠近聖臺的臺級最前的位子上。她的眼光大半的時間是瞪着沙達拉區壯年時跪過的那個臺級看着;她不差毫釐地認辨得出那一塊地方是二十年前給沙達拉區的膝蓋壓過的——他跪時的姿態，他身傍的帽子。天主是慈悲的，她丈夫一定再來跪在這兒——一邊一個兒子，正像他說過的：喬治你在這邊，傑姆在那邊。她一壁禱告一壁看着這塊地方，時間久了，眞好像看見這三個回家來的人跪在那兒了；她兒子的兩個瘦削的身材中間夾着個魁梧的軀幹；他們的手捧着他們的頭映着東壁很明顯地現出來。這個想象慢慢地變成了幻境；祇須她疲倦的眼光看到那個臺級他們總在那裏。

然而他們還是不回來。天是慈悲的，然而牠還不願意解放她的靈魂。這是她犯了把他們做她野心的奴隸的罪惡應得的報應。可是漸漸地不像報應了，她的心理近乎絕望了。離着雙桅船理該靠岸的日期又隔了幾個月，可是牠還沒有回來。

若娜常聽見些或看見些他們回來的先兆。當她在鎭後看得見河身全景的小山頂上，遠遠在地平線上，發見一顆小黑點衝着永恆的水平面向南來，她決定這是『若娜』的大桅子了。或是在家裏的時候，祇要在大街接近碼頭的轉角上酒窖那裏有一聲喊嚷或是不論那樣的喧鬧，她就會跳起來嚷道：『這是他們了！』可是這也不是。幻想的人形每禮拜日下午跪在聖臺的臺級上，可惜不是眞的。她的鋪子慢慢也自吃自的快完了。她在寂寞悲哀的沉痛裏也沒功夫去批買最少量的貨物，所以把最後主顧也送走了。

當她進了這個窮境的時候，愛彌蓮用盡各種方法想要扶助這個苦婦人，可是她所得的是永遠的拒遠。

『我不喜歡你！我不能看見你！』當愛彌蓮找上她想借錢給她的時候，若娜總是粗暴地微聲的這樣說。

愛彌蓮就要說：『祇是我想幫助你，安慰你呀，若娜。』

『你是一位貴夫人，有的是闊丈夫和好兒子。你要在我這樣一個苦婦人身上打什麼主意呀？』

『若娜，我祇要這樣：請你到我家裏去住着，不要再在這個淒涼寂寞的地方住下去了。』

『那末假使他們回來，在家裏找不到我，該怎樣呢？你滿心想把我同我的人分開！不，我一定要住在這裏。我不喜歡你，我不能謝你，不論你待我怎樣好！』

然而，隔了些時，若娜既沒有進款就沒法子付住屋和鋪子的房租了。人家告訴她，沙達拉區和他的兒子的回家是差不多絕望的了所以她也祇好勉強地接受了賴思德家庭獻給她的收容所。在那裏，她在二層樓上佔定了一間房間來去讓她自由不必同他們的家人見面。她的頭髮灰了，白了，深的皺紋刻滿了她的額角，她的身材瘦小而傴僂了。然而她還在那兒盼望她遺失的家人，有時在樓梯上遇見了愛彌蓮，她就要盛氣地說：『我知道你爲什麼把我弄到這兒來！他們回來見我不在家要失望，也許就這樣走了；那末，你纔報了我搶你沙達拉區的仇哩！』

愛彌蓮忍受着這給悲哀刺傷了的靈魂的咒罵。她知道——全天池鎭的人都知道——沙達拉區和他的兒子不會回來的了。因爲這隻船已經遺失了好幾年了。然而，若娜在深夜裏偶然給個聲響驚醒了的時候，一定要從牀上爬起來，映着搖曳的燈光察看那對面的舖子，不要是他們回來了吧。

這是雙桅船『若娜』啓椗後第六年的十二月裏的一個陰黑的深夜。海面上吹過來的風，挾着一團帶魚腥的濃霧，打在臉上正像潮潤的法蘭絨一般。若娜已經照例給她遺失的家人禱告過了，祇覺得今晚的熱情和信任心好幾月所沒有的。在十一點鐘她睡着了。大概在一點到兩點的中間她忽然驚醒過來。她決定聽見街上有腳聲，跟着就是沙達拉區和她孩子們的聲音，在雜貨舖前叫門哩。她從牀上跳起來，不知道順手拉了件什麼衣服披在身上，直往愛彌蓮家舖着毯子的大樓梯上衝下去，把蠟燭放在穿堂的桌子上，解開了門鍵和鍊子，一步跨到了街心。從碼頭上吹到街心的濃霧，阻擋她看見那舖子，雖然牠就在眼前；然而不一忽兒功夫她已經穿街過去了。怎麼一回事呀？一個人也沒有。這可憐的婦人赤着腳滿街的亂跑——這時候街上連一個人影子也沒有。她又回來使盡全身的勁打着從前是她自己的房子的門——也許他們給留着過夜，等到明兒早上再來驚動她吧。隔了好幾分鐘之後，現在管着那舖子的年輕人纔從樓窗裏探出頭來，看見個有些像人形的髑髏半裸體的站在那裏。

人形道：『有人來過嗎？』

那年青人纔明白沒指望的懸盼還在那裏這樣的煎熬她哩，就很和氣地答道：『呀，饒利甫太太，我沒知道是你哩，沒有，沒人來過。」

——哈代人生小諷諷

迂士録

高爾斯華綏原著　傅東華譯

高爾斯華綏小傳

高爾斯華綏(John Galsworthy)生於一八六八年，他是一個社會劇寫作家，眼光更比易卜生冷酷嚴正。他起初是寫小說，後來才寫戲曲，在這兩方面都有很大的成功。他的態度是指摘社會的缺陷，可是並不是詛咒，在這一點上，他又可以說是社會問題的研究家。

現在這種年頭，社會上凡百所謂『界限，』都譬如愛儷司（註一）那根火鶴做的木球槌一般——你若提起牠時，那物便蜷作一個詢問符號模樣，朝着你臉上看；而凡百所謂『名分，』就譬如她那蝟做木球，你正想去用牠時，牠已起身走了。（註二）舊日人生的風味，都已不合時宜，昔人處世的芳香，悉已目爲陳腐；所謂『君子，』已成一種挖苦的名詞，所謂『禮文，』也無非是癡騃的徵象了。

卻不道不列顚羣島竟還有幾個舊族，世守君子之風，垂數百年而未墜。我不怕諸君笑我頑固好奇心，以爲此等君子之流，往往具有一種德性，便是一種天生的正氣，斷乎不可鄙視的。

我今所以追記邁爾士·魯亭的事蹟，蓋卽爲此。

我初次見他——若是一個新學生可以正眼看舍長——的時候，是我初進公共學校覺得窘不堪言的第二天。那時和我同住一間樓角的其餘三個學生都出去了。我一人正在苦思，不知牆壁上是否也有我掛東西的權利；因爲我有兩張小小的油畫，想把牠們張掛起來。那是我母親給我買的，上面畫着兩個大紅色的馬夫，騎着兩匹深粟色的馬，躍過幾扇深褐色的籬笆。我母親平時聽說公共學校尙勇武，心想那兩幅畫也許可以配他們的脾胃，所以給我帶來。我那時把牠們和我父母及阿姊的相片一齊從玩物箱裏取出來，統統攤在窗檻上。我正在悶悶地端詳這個小小的陳列，忽見房門被一個穿燕尾服的孩子推了進來。

『喂！』他道『你是新來的嗎？』

『是的，』我用一種小耗子似的聲音回他。

『我是魯亭是本舍的舍長。你每星期可得兩個先令，到這例取消的日子為止。勞役單（註三）你將來可到牌上看去。頭兩個星期你可以不做勞役。你叫什麼名字？』

『巴脫雷。』

『哦！哦！』他把手中的一張字查了一回。『你是我該管的。你覺得還舒服嗎？』

『很好。』

『那末就好。』他似乎要動身走了，我因急問道：『請問，我許不許把這些圖畫掛起來？』

『本來——你愛什麼都可以的。讓我來看看罷！』他上前了幾步。當他的眼睛落在那陳列品上的時候，他突然說道：『哦！對不起！』說着，拿起那油畫，轉過身來背着相片。大凡一個新學生因驚懼所致，往往便成一種心理學家，故彼時我見他因眼睛曾觸着我家人的肖像，便說一聲『對不起！』我就彷彿已覺得他決不是一種禽獸了。『這是你從湯姆金斯店裏買來的，』他道：『我在第一學期的時候也有過跟這一樣不壞。我想把牠們掛在這裏。』

當他把圖畫釘在牆上的時候，我『橫』了他一眼。他的身材似乎高得出奇——我猜總有五呎十吋光景，瘦削而筆挺。用的是豎領，——彼時『侍女領』還未行，——卻不甚高項頸長得很。他的頭髮很特別，黑鬆而微帶紅色；他的灰黑的眼睛，小而深陷，他的顴骨頗高，他的兩頰單薄而帶上幾點雀斑。就他的面龐而論，他的鼻子，下頦，歡骨都略似太大。總之，他可以說是一種未完的完器。但他的神氣很是坦然，且有一種美好的微笑。

『好罷，巴脫雷，』他說着，把圖畫交還我，『你振作些兒，就會適意了。』

我便擱開我的相片，掛起那兩張圖書。魯亭！這名字好生熟悉。記得我們那家譜的婚姻錄中，載有如『費則撥忒氏之女』『脫斯忒波羅氏之女』等名字：『魯亭氏之女』——是內亂以前一個什麽時候的魯亭氏之女！那末這位先生大概還是我的一個遠親，也未可知。可是我覺得決不敢對他提起這話。

邁爾士·魯亭並不漂亮，卻凡事都很好。他也不講究穿著，所以你總不會從衣服上聯想到他。論他爲人，不算十分得衆——因他是個深沉的人，絕對不喜炫耀，且也非富有——卻向來不知所謂偏袒。他對下級學生，向來無恩亦無怨。他處己處人都不肯寬恕，確又極其公平；且也似乎不像多數當舍長的專喜打人。每學期終了的攷試，他從來不曾落第，而凡有遊戲競賽，總是始終如一的賣氣力。人家都說他具有一個毫不可假借的良心，他卻又絕少提起良心這個字。他從來不表示他的感情，但又似乎從來不曉得掩飾，像我一樣。他頗受人尊重，自己卻並不在意似的；他是一個獨立自賴的人，若不是因自己這般不善生產，也未嘗不可稍爲闊綽些。我和他相處兩年，總共祇跟他有過一次親密的談話，其實以我們年齡的相差而論，有這一次，大概已經要算超過平均數的了。那時候我的第五學期，魯亭畢業的前一學期，我們舍裏因訓練上鬧起事來，致使足球隊的隊長傷了體面——那隊長是個愛爾蘭的孩子，比球時當『壓後』，是我們這一面的臺柱，此事的發生，剛剛在我們舍裏第一次比球的頭一天晚上，所以當這位『要人』拒絕參與的時候，同學們中該着怎樣的大急，也就可想而知了。彼時他身體上和感情上兩俱損傷，因便效阿溪里斯的忿怒，宣言不幹，退歸自己的營幕去了。（註四）一時全舍中贊成和反對兩方面的議論紛紛不一。我呢，也跟第五級差不多全級的意見相同，是替多奈利表同情而反對第六級的。彼時他的缺出了，便該我做這邊的隊長，所以當時我們究竟還加入比賽與否的問題，須決在我一人身上。我若也跟他們同情，宣言不幹，那末其餘的人自然都會附和我。那天晚上，我先前幾個時間，祇抱着一肚子反叛的精神，後來獨自一人坐在房裏，依然還猶移未決，便見魯亭到我房間裏來了。他將身子靠在門上，說道：『我想，巴脫雷，「你」總不至於拆臺罷？』

『我——我以爲多奈利是不——不該挨打的，』我囁嚅的說。

『那也作興，』他道：『但總以一舍的事情爲重，你總該明白的。』

我頓覺一腔義氣被他這話扯作兩邊，因便默然。

『你聽我講，小巴脫雷，』他猛的說道：『這將是我們大家的恥辱，如今擔子都在你身上。』

『好罷，』我氣忿忿的道：『我去比就是了。』

『好朋友！』

『但是我總以爲多奈利是不該挨打的，』我順口說道：『他是——他是這麼大的人了。』

彼時我躺在一張靠手椅上，他上前幾步，眼睛朝下直看着我。『將來，』他慢吞吞的道：『你自己總也有要當舍長的日子的。你也該替第六級的學生顧點面子，你若果聽憑多奈利這樣的大蠢貨去欺侮那小弱的第六級學生』（我記得當時聽見這話心裏非常感動，）『那豈不是什麼面子都說不得了！我的老監護人，他在孟加拉一個縣裏做官，那地方也有威爾斯一般大，他的治法就完全講的是面子。這是他常常對我說的。我原也極不願意打人，卻寧可打多奈利一般的蠢貨，不願意打新來的小學生。無論如何，他因背上挨了一點痛，便想給全舍拆臺，就可見決不是好東西了。』

『不是這麼說，』我道：『這——這個不公平。』

『若果說這個不公平，』魯亭道：（我此時覺得他非常耐性，）『那末就算這裏的規矩全盤都錯了，但這是一個很大的問題，小巴脫雷無論如何，總不是我解決得了的。我祇是按規矩管理罷了。咱們握握手，明天還須你勉爲其難，好嗎？』

我伸出手來，現出一種不耐煩的神氣，雖則暗中已經是輸服他的了。

那天的球，我們輸得一場糊塗，可是我到現在還彷彿聽見魯亭的聲音喊道：『好球，巴脫雷！踢——得好！』

關於魯亭在學校裏的事情足以見他的眞性情的，我祇還記得一件。是他永遠離校的那一天，我剛巧跟他同一輛車子到城裏去。他在車裏，眼睛從背後的窗子看着我們校裏的一塊小山。我明明看見一顆眼淚從他的頰上滾下來。他必定也覺得我留心那件事了。因爲他突然說道：

『討厭！一點灰砂吹到眼睛裏去了，』說着把上面的眼瞼挪了幾下，可是那種形況是一點都瞞我不過的。

此後便好幾年沒有見他的面。他的家境不好，他也沒有進大學。他有一次對我說道：『我的家裏窮得要命，又窮得要命。』

後來我再見他時，是在我一次運動旅行的路上，那時他正在凡古佛島一塊墾牧場上種菓樹。大凡一個遊歷殖民地的青年英國人最覺感動的，莫過於一件事：他平時讀印刷品時所得到的印像，至此乃覺跟實地見到的大不相同是也。彼時我跟魯亭在維多利亞的俱樂部相遇，他邀我到他家裏去住，我心目中總望可以看看一行行的美樹，上面掛着大梨子和大蘋菓，必有一所望臺很闊的殖民地式的房子，又以爲魯亭必身穿着薄帆布的衣裳，整日在獵鎗，漁竿，駿馬當中過生活的。誰知我所見到的，祇是一所光裸裸的新木屋，還未油漆，在深林裏一片空地上，他的菓樹都還剛剛栽好，三年裏能有收穫，就要算他走運的了。他穿的並不是白帆布，卻是青斜紋布，而每日砍木材，開新地等事，大約要有十二小時的工作。他有一匹馬，帶騎帶拉車，打獵釣魚等事則大約一個月一天之譜。他手底下用三個中國孩子替他做工；自己的生活也便和這幾個中國孩子一樣清淡。他離開英國已經八年了，這已是他第二次的開荒事情——第一次在南加利福尼亞，因遇着三年的荒旱而失敗了。據他說他現在那個地方水可以不愁；這話大概很對，因爲那地方的雨量還在英國之上。

『你怎能禁得起這種寂寞呢？』我道。

『哦！這是弄慣了的。而且這裏也並不寂寞——天才知道，並不寂寞的呢！有幾個地方你得看看去！』

他如今雖過着這種生活，卻似乎還是當初的那個他——他實在一逕沒變有過他的氣質。他雖則吃飯時不一定換衣裳，卻是每食必盥洗，他定看一種英國報，時或讀讀維多利亞時代的詩，以及自然與非自然史，晚上也抽幾袋煙。他每日必薙鬚，每晨必洗冷水浴，而待他那幾個中國孩子正如當初學校裏待我們新學生一般；且據我所見那幾個孩子對他的感情也猶之我們當初對他的感情一樣——即敬而未至於畏悅而未至於愛是也。

『我若沒有一個女人，在這裏可住不了，』我一天晚上對他說。

他嘆了一口氣。『我卻不願意把缺乏妻子的念頭自己煩惱自己；且我若不等把這地方弄舒適合她來住時，我也不能要求那一個女子來跟我結婚。要曉得這種種樹事業開頭時，簡直就是賭博呢！』

『你是一個理想家，』我道。

他似乎有些驚訝；我因便想起，他生平果有什麼憎惡的東西，這該便是我那種賅括的論調。可是我原帶着一種戲謔的態度的。

『你很守英國紳士的那種體面。』

他的牙齒在煙管上格格的嚼起來。『我除自己的宗旨外，若還再有什麼東西可守，我就該死；那已經儘够我守的了。』

他走開了。我覺得他因我想引起他的自覺，心裏很懊惱。這原不錯！因爲這種自覺是有害的；他的生活上已經包含着很多有害的元素——沉默，孤單，遠地作客，日日和東方種族的人厮混——再禁不起這種自覺了。我常常觀察他那幾個中國孩子的臉，覺得他們貓也似的避人，性情異常謹飭，老成，而自好。我於是才覺得魯亭這幾年來獨自在他們當中，應需怎樣的謹飭，老成，自好，才能勿失其本初。我住在他家裏的那一個星期裏面，一逕不懷好意地要尋出他一點墮落的痕跡——例如鄙野或灰心的行跡，凡是我們覺得這種生活所自然該有的。老實說，我可一點也尋不出，祇不過覺得他對於『威士忌』連碰都不敢碰，彷彿是害怕似的，又凡提起女人，他必定愕然卻避。

『你難道就不回家了嗎？』我臨走時問他。

『等我把這裏弄好了，』他道：『我要回去結婚。』

『那末以後還仍舊要出來？』

『我想總如此。我還沒有弄起錢來，你曉得的。』

四年之後，我偶然在太晤士報上看見下面一段新聞：『魯亭與富姹媲結婚：在哈波羅市之聖托馬斯教堂；魯亭名邁爾士，居凡古佛島之熊羆墾植場，與居哈波羅市平和裁判官查理士·富姹媲之女白蘭都。』那末他似乎已經『弄好』了！但是我很疑惑什麼『富姹媲之女』肯跟他到那裏去呢？誰知就是那年夏天，我就跟魯亭和他的夫人在伊斯脫本地方碰頭；原來他們兩口兒正在這裏度蜜月，已經將盡了。他那新夫人很是和悅，姣好而活潑——我一想起那熊羆墾植場，就怕她是太活潑了。魯亭自己呢，經過這番新經驗的刺激之後，也跟往常見他時一樣的有興致。我們吃了飯，洗了澡，打了一回網球，就同到曠地去騎馬去了。那位富姹媲的女公子，確是一個遊藝的好手。彼時我心中委實詫異，她怎麼會跟魯亭結起這段姻緣，及後來有一天晚上她自己把原委告訴我，這才明白。原來他們兩家是老鄰居，後來魯亭到新大陸住了十二年回來，大家雖不當一個英雄看他，却也當他是個奇人了。她做孩子的日子，魯亭常常帶她出去打獵，所以她對於他本有一種舊時的企重心理，在她看起來，魯亭說話兒不瑣碎，又不偏激，似乎比她周圍那些好囉嗦的青年都強些——她說到這裏，眼睛把我橫了一眼——後來有一天，他做了一件事，便把她贏到懷抱裏去了。那天晚上，這位富姹媲的女公子預備要去參與一個化裝跳舞會，自己裝一個中國女子。誰知那天早晨一個貓打翻一瓶墨水，都潑在她那件行頭上，因而把牠完全毀了。怎麼辦呢？化裝呀，梳頭呀，已經費了不少的功夫，且已演習得十分純熟，難道就因爲缺少一件行頭都犧牲了嗎！正在爲難的時候，魯亭爲一念奮勇所動，便匆匆走了。原來他有一件中國女子衣服放在倫敦，是他從舊金山帶回來的，若是坐火車去拿罷，從哈波羅市到倫敦一往返，時候一定來不及。他於是便就近叫了僅有的一輛汽車，登時出發，大約總該有每點鐘四十英里的速度——這種速度在當時實在聞所未聞。拿了衣服，先拍一個電報給這位富姹媲的女公子，隨後就以同樣的速度駛着原車回來，將那件衣服送到她的門口時，正是八點四十分。那位富姹婗的女公子穿着梳裝衣接見他，頭已經梳好，面上也已打扮得很美了。魯亭夷然道：『衣服來了；那是一件道地貨，』說罷，也不容她有道謝的功夫便掉頭走了。他這件衣服竟比貓糟塌掉的那件還好些。那天晚上，她便容納他的請求了。『其實邁爾士也未嘗正式向我求婚，』她道：『我見他因爲那天的事情反覺有點不好開口，所以我覺得不能不對他說叫他不必過於拘執。於是乎就有我們現在這回事了！他確乎是可愛，不是嗎？』

以他待遇她的行逕而論，他當然是眞可愛的，因爲她是一個以自己爲重的女子。

那年九月，他們動身到凡古佛島。下年一月，我聽見他加入騎兵義勇團去打蒲耳人去了。他臨走時，把他的夫人帶歸英國，和她自己的家裏人同住。當他得了大腸病歸家之先，我曾經遇見過他的夫人一兩次。她告訴我說，她本來是反對他去的，後來見他很是鬱鬱不樂，這才不阻他。『可是你總知道的，他是一個眞有血性的人哩。』

他的病復原之後，他又回到凡古佛島，一看那墾牧場已經荒蕪不堪，差不多又要完全從頭做起了。但他得着這樣一個精細的賢內助，當然進行得很有興致，這是可想而知的。後來他的夫人以一九〇四年回家休息，我又於她出獵時遇見她。

『邁爾士對我太好了，』第二天我們徐步回家的時候她對我說：『他有這樣可怕的勇氣。我祇盼他有時把良心抛開些兒。啊！巴脫雷先生，我是不願再到那地方去的了——我眞不願意。那簡直要人的命。可是他說，若把這事抛棄，那豈不是活到三十八歲還是一事無成，又得向人家去討飯盌。那是他不願意幹的；可是我實在再支持不下去了。』

我於是就寫信給魯亭。他的回信平淡得很，而且有些詞不達意，但是我從字裏行間可得着他的大意，大概是說他從今以後再不敢把他的夫人帶到外面去，可是他自己總得再堅持兩年；那時或者把那邊的地賣掉，到英國再買一塊地。至於叫他當時便罷手，那簡直是毁了他了。又說他自他夫人回家，他惦記得很，可是

——凡人各有各的分際，所以他情願他夫人在家裏過得舒服，不願強她出來跟自己挨苦日子。

於是乎那件當然的事情不久便實現了——可是在忠義守禮如魯亭的一流人，是萬料不到這種事會有的。你道是什麼？原來那位富姹婭的女公子，不知在那裏遇着一個不知那一個軍隊裏的青年，便跟他走了。我相信她走之先，必定經過一番良心上的交戰，因爲她也原不是一個壞人。此事發生於一九〇六年的前半年，正是魯亭着手收束熊熊墾牧場的時候。我心中很替他難受，可是不禁說道：『唉，我的朋友！你的思想那裏去了？你難道想不到那富姹婭的女公子一經離你之後就勢不能不有這種事情出現的嗎？』可是，可憐人，他欲不讓她離開又待怎樣？

他於是從六千里路外趕回來和她離婚。我爲一種惡壞的好奇心所驅，也跟着到法庭去。我見他在那不論正義的法庭上，在我們這班箝口而深心的律師當中毫無意氣地舉出他的證據；彼時我那種輸心傾服他的心理是向來不曾有過的。看他那時挺直的站着，身體瘦削，黃銅色的皮膚上蒙着一層薄翳，那特別顏色的頭髮上已經帶着灰色，聲音很低，目光不轉——這樣一副寂寞的神情之中已經含着一種悲慘無聲的抗議。當他對着推事發出一段小小的演說時，受感動的一定不僅我一人。他道：『推事先生啊！我對於這事也並沒有什麼惡感情；我想都是我自己的過失，不該叫一個女子這麼老遠跟我去過那種困苦寂寞的生活。』祇見那推事對他微微首肯，彷彿是說：『先生，你這眞是君子待人之道。』這使我得着一種異樣的快感。我本想等這案了結之後安慰安慰他的，誰知我正待開口時，便覺得這是他最不願意認受的一件東西。因那案一了結，他便又一直跑回六千里路外，賣了那片墾牧場。後來據常到我家裏來的那在愛斯基莫做官的懇寧漢姆說，他因那回賣地的事情，又結下許多的怨。原來當時有一個做不動產買賣的企業家，曾傳出那地方有煤礦的礦苗，因而熊熊墾牧場和附近幾塊地的價值驟然都增高起來。便有人向魯亭出重價購買他的地。成交之後，他已經動身走了，忽又聽說礦苗的話確實是假的。他便又立刻折回，向受主聲明情願取銷原議，仍照尋常農地取價。那受主當然願意，無待說的，然而附近地面的那些地主將如何人人咒罵，也就可想而知了。那些地主大都覺得以產業的權利爲重，誰也曉得維持『買者自愼』的原則，所以他們責怪魯亭原是應該的。魯亭將這筆已經減少的地價，在內地另外買了一片翠牧場。

至於此後八年中的魯亭，我祇隱約知道一點。我曉得這八年中他大概總沒有歸過家。璧寧漢姆說他『仍舊還不失從前那種孜孜矻矻的態度，人家都很尊重他，卻沒有一個人跟他知己。他的樣子也還跟從前差不多，祇不過鬚髮都灰白了。』

於是乎歐洲大戰像地獄中的閃電一般來了。我可以想見魯亭當時心境必已近乎快樂。他那種思想是不能使他感到這件事的可怖的；他必定把這事當做一種不可免的奮鬬，以爲這是一種期待已久的機會，可以借此顯顯他自己和他的國家的本能。在我看呢，我不能不承認他的質地實比他的國家的質地還強些。於是他的第一件事就是染頭髮。又瞞掉了八歲年紀，所以說起來祇有四十零點，因得收錄。又因他在德蘭士瓦之役有過經驗，便在吉靑納的隊伍裏得着差委了。但他及至一九一六年的春才得開到法國去。他那隊的上尉因他訓練新兵很好，說他是那隊裏最好的軍佐，至於他的頭髮，到那時當然又恢復牠的灰白色了。人家說他因不得開拔常常牢騷得不得了。一九一六年春，他的名字被列在開拔軍內，同年夏，他在索美河上之役中受毒氣砲重傷。我聞訊之後，便到醫院去看他。我見他已稍稍長了幾根灰白的髭鬚，可是除此之外，似乎沒有十分改變。我彼時和他一席話，立刻見得他是一種極鎭靜的人，他無論遇見什麼事，都可以憑着自己的鎭靜去看穿牠。凡是他感情上以爲該當如此的，他就認定那件事當然如此，決不相信再有別種的可能。所以他彼時深信那回的戰爭一定勝的；信心既深，遂致似乎喪失了一切感覺。其實他未入軍隊以前早已有一種軍人的氣質，和這班職業上不善思想而冷漠的動物並無別致，而且他這種鎭靜的態度很是出於自然，並沒有一點矯揉造作的痕跡，彷彿是與生俱生的。所以他彼時雖身處普遍的死的空氣裏面，卻是泰然如無事，絕沒有一點感動的表現。他心中祇要國家戰勝，當然大家都有個分兒，而他對於戰勝一層，覺得是絕對不容疑義的。彼時一部分的我，和他這種態度完全表同情，但是其他一部分呢，卻對他抱一種驚奇，感嘆，且有些兒鄙夷的態度彷彿對於一種太直心眼兒太不複雜的動物一般。這都因爲我的一面——其中含有遺傳的氣質，魯亭氏的女兒，以及其餘的東西——是跟他一樣培育起來的，但是還有一面，卻曾吸入新的血質，內中充滿疑慮和憤激的元素。

我到那個敦茂斯的醫院去看他好幾次，他在那裏也就慢慢的好起來了。

有一天，我要求他憑良心回答我一句話：究竟一個人的膽量是否也有要離開他的時候？他見問，神氣上略略有點驚異，很淡然的說道：『沒有的，若是你的心擺在正當的地方。』

他這話實在中肯得很。他的心便是不偏不倚地深植在正當的地方的，所以一切外物都及不到牠。你把無論什麼東西去壓他，祇能壓碎他的身體，決不能使他的心和其餘部份分離。這便是我之所謂天生的氣質，我之所謂內在的正氣。我並不是說這種正氣是尋常的兵士和一般『新人物』所都沒有的，我是說他們雖有，也決不跟魯亭這樣的目之爲當然。別人若果也有這種正氣，他們必以此自豪，或至少也總自覺其有此，或覺不過是一種稚嫩的男子氣與夫厚顏而已；他們決不能如魯亭一般，以爲沒有牠是『不可能』的，以爲沒有牠便是一種恥辱。假如科學家能夠把魯亭一流人的神經取出來檢查一下，究竟牠們的顏色和組織是否與別人的神經有微異之處，誠不可知。假如有之，則必是累代以來得着特殊的培養的結果，及千百年來把恐懼目爲一種大罪惡的那種傳統哲學的結果。

一九一七年中，魯亭又出去了，此後便一逕從軍在外，直至戰爭終了的時候爲止。他在軍隊裏，並沒有著過什麼驚人的偉績；但也和從前學校裏的時候一樣，始終如一的賣氣力。休戰的時候，他是一個中尉，退伍時則是一個少尉。彼時他已五十三歲，因受毒氣過多，又因幾年來戰場辛苦，這般年紀的人吃不住，故已是百病叢生，但又未成殘廢，所以還不夠領撫卹金的資格。於是他又回到凡古佛島去了。凡是有過種菓樹經驗的人，總都曉得這種事業是極要均勻而恆定的注意的。當初他去入軍隊，勢不能不把他的地託人管理；但是託人究竟不如自己，所以他此番重來時，他那塊地已經是差不多沒有價值的了。而他的精力也已不如從前，不能再像從蒲耳戰爭回來時那樣吃辛苦來蠻頓，所以便把那地也賣了。可憐祇易得戔戔之數，擕帶回家，深信回家之後，以他這樣的資格，總可以謀到一件事的。誰知那時像他這種有資格的要論千計算，也都在謀事。軍隊裏不肯收他，他們祇對他大大的抱歉，對他說：確實愛莫能助。政府的教育機關和其他衙門呢，也似乎專爲青年設的。他於是靠着那戔戔的地價和從前積蓄起來的一點餉銀過日子，以靜待幸運的到來。誰知幸運竟不來，而積蓄都去了。諸君要知我如何曉得他的積蓄已去，且聽我道來。

今年一月的一天晚上，我從索和的一家飯店裏偶然僱馬車到波莫耳的俱樂部去。那時剛剛下雨，所以我跨上車時很是匆促。我正用完一頓好飯，懶洋洋地躺在車上，忽擡頭見那馬夫的背影，不期起了一種異樣的感覺。因那馬夫的神氣——我該怎樣形容牠呢？——哦——很是不俗。他的頭髮是灰的；我因又回想到我匆匆的上車時瞥見他的那個側面影，猛的一陣驚怖思想閃過我的心裏——邁爾士·魯亭！

正是他！

當我下車來和他面面相覷的時候，他含着微笑，而我的嘴唇不絕顫抖。『老朋友，』我道：『把車子放到那邊場上去，你跟我到車裏來。』

我們兩人同坐在他的車裏，大家點着煙捲，足足一分鐘光景沒有話說，最後還是我先開口：

『你聽我說！你這是究竟怎麼一回事？』

『麵包和牛油罷了。』

『老天爺啊！難道這就算是國家——』

『巴脫雷，』他從一副異樣的嘴唇裏發出這一聲來，脣角上還帶着一種固定的微笑，『你不要提什麼國家罷。我與其再去四處找事，情願這樣，這就完了。』

我自覺好生惶愧，因便默然。一會兒才道：『這可眞也無法！那末政府設立的機關呢？』

『算罷！算罷！那是專爲靑年們設的。』

『我的親愛的朋友啊!』這便是我僅能尋得出說的幾個字了。

『這種生活遇天氣好時,也並不算壞,』他帶着一種異樣的微笑接着說『我如今的胃口也並不怎麽大了。』

『那末你的意思就主張這樣下去嗎?』

『且等轉機罷;但我是不善於謀事的,巴脫雷,我祇幹不了這個罷了。』

『你的家裏人呢?』

『死的死了,散的散了。』

『那末你跟我去,同住幾日以待轉機如何?』

他捏住我的臂膊,搖搖頭,這就是所謂君子之風的特色!我因深悔當初不曾和他敍親之失。原來魯亭對於親戚的援助是不會推卻的,——譬如他的同曾祖兄弟有遺產,即使他沒有見過面的,他也肯承受,不至受良心上的刺戟;至於其餘的人有意想幫助他時,他便要當人家是放賑了。那天晚上在他的車裏,他對我談了自己的運命,其實便是大戰以來不知幾千百人的運命。我聽他談了之後,祇能喃喃的說道:

『好罷,我想起國家如此負你,總怪你自己不是。』

他也沒有回答。諸君若要指摘邁爾士·魯亭的過失,大家儘可自由,不過他天生是迂的。

我那天和他分別時,幾乎握斷了他的手,而我能看出他對於這種過分的感情表現,實在並不歡喜。從我那俱樂部的門口,我又回頭看他。他已回到他的御者的位置。我從雨絲之中見他嘴裏啣着煙捲,燈光照着他的清瘦的側影。他極安靜的坐在那裏,爲一種已喪失的主義——君子之風——的象徵。

——大東現代名家小說代表作

註一　嘉洛爾 (Carroll) 著愛儷司異鄉紀遊 (Alice's Adventures in Wonderland) 云愛儷司遊至異鄉,正遇王后打木球 (croguet), 也叫她打。她一看那球棍是活的赤鶴做的,球是蝟做的,覺得那種球很難打,因爲她正抓住赤鶴的腿預備打時那鶴便蜷起牠的長頸來向她臉上直看。那做球用的蝟也如此；你正想打牠時，牠已留過身來蠢蠢的走了。

註二　英國公共學校例，小學生須替大學生服役，謂之勞役。

註三　荷馬的伊利亞特言：阿溪里斯爲希臘的英雄，特羅亞戰爭時，他的女俘虜白來細依斯爲阿格門農所奪，怒而退出軍隊。

手與心

恩蓋爾夫人作（胡仲持譯）

『母親！我只想有許許多多錢，』一天晚上，小湯姆佛來其坐在他母親膝旁一條短櫈上，這樣的說。他的母親正在火爐旁邊忙着縫衣服，他們母子倆沉默了好久了。

『若是你有許許多多的錢，你作什麼用呢？』

『也想不出什麼來——我總有許多事情可做哩。你難道不也想有許許多多錢麼？』他固執的說。

『我未始不想有，』佛來其夫人答道，『我有時也同你一樣，以爲多有幾個錢就很快活了。但是有一層我和你卻不同：我心裏常有什麼事情想做，所以我要錢的。』

『哇，母親！我們只要有了錢，可做的事情正多哩，——好的聰明的事情。』

『我們心裏如果眞有好的聰明的事情想做，而沒有錢做不來，我也會想法子去弄錢來的。不過，我的孩子，你且說幾件好的聰明的事情給我聽聽看。』

『哪！我剛纔還沒有想過這類的事情，我只是想，有了錢就可以隨意做什麼事了。』小湯姆爽直的答說，仰看着他母親的臉龐。她俯向他微笑，拍拍他的頭。他知道因爲自己將心裏所想的意思爽直的告知了她，所以她喜歡他了。不一會他又開口道：

『母親！你如果想做一件很好很聰明的事情，沒有錢做不來，你怎麼樣呢？』

『在這等時候，要弄錢有兩個法子：一個是去賺，一個是節省。這兩個法子都是好的，因爲都含着「克己」的精神。你懂麼，湯姆？你如果要賺錢，你或者必須將你不喜歡做的事情安心的做下去，譬如你想遊戲，想睡覺，或是想靠着火爐和我說話的時候，你也得去工作纔行。這樣的小快樂，你放棄一點，也就是一個好習慣。你若是節省錢，那自然更得用克制的工夫了。不論是賺或是節省那是一樣的。但你拿錢怎麼用，卻必須仔細想一下纔行你說做聰明的，好的事情。卽使聰明的，好的事情也有值得值不得的。在去賺或是來節省還未決定以前，必須想一想怎麼辦纔不至於使別的職務有妨礙。』

『你的話我不大明白，母親！』

『那我再來說個明白吧。你知道我須得照管小舖子，做縫襪子的生活，收拾我的屋子，補我們的衣服以及做許多別的事情。假如晚上你從學校回來的時候，我走出去做有錢太太們宴席上的侍者，讓你一個人留在家裏，你想我還可以做我原來的職務麼？我做侍者去，可以賺許多錢來佈施比我還窮的那些人（像是哈萊蹺腳）卻須有好些時候不能照顧你呢，我想倘若夜裏必須離開你，卽使有着「好的聰明的目的」去賺錢，也是不值得的。湯姆！是不是？』

『不錯，你總不高與去賺罷，母親？』

『是呵，』她微笑着說；『無論如何也得等你長大了纔高與去賺呢。你看我現在想稍微多賺些錢去幫助一個害病的鄰人還是辦不到。我只好來節省了。節省是誰都會的。』

『我們還可以再節省麼，母親？我們百樣事情都非常的較量納特．迪克生還說我們太熬省呢，怎麼可以再節省下去？』

『阿阿！可節省的地方多着呢！我們用着許多化費的物事。這些物事並非省不來，只是為舒服用的。茶和糖——牛油——我們禮拜日吃的豬肉或牛肉——我帽上的灰色絲帶，那是因為你說比黑的好看——黑的就便宜呢——我纔買來的：這一切都是化費的。我們用的茶和糖固然也有限，但我們還可以一點不用哩。』

『你從前為要幫助勃拉克寡婦，曾經許多時候不用茶和糖；現在你只是為着頭痛纔用的。』

『哪！我們錢總可以節省的；一天一辨士半辨士，卽使一禮拜一辨士，多早晚就有一點小積蓄可以來做好的聰明的事情了。不過，你得知道，我們做好事不一定靠着錢哩。』

『錢，便是不一定靠着牠，總是頂要緊的東西罷。』

『不，我的孩子，也並非頂要緊的東西。我想有點出息的乞丐，與其聽了叱罵討得六個辨士，他寧可討不着錢而聽幾句和善的話的。不中聽的叱罵聽了就要鑽到心底裏去，不鑽到心底裏去的除非是心腸麻木的人了。所以單是錢也不能就將苦痛的心醫好的，只有善心善意纔能醫好牠。我們一家人都是善心善意能够做好事的人，便是那剛會開步的兩歲的孩子，似乎也很厚道呢。』

『我能够做好事麽，母親？』

『那裏做不來；你好事常做着，只是還沒有盡力量的做，我也一樣呢。明天你想一件不用錢可以幫助人家的事情做做看。書上說的好："Silver and gold have I none, but as I have give I unto thee"（我沒有金又沒有銀，我只好把我所有的給與你）你照着這句話試試罷。』

『嗄！母親，我們明天怎樣呢？試試看。』

小湯姆的明天怎樣呢？讓我來告訴讀者罷。

我不知道小湯姆夜夢裏是否做過他母親和他所談的事情，我卻知道他早上醒來的時候，最初想到的就是他母親所說，這一天他可以不用錢做幾件好事的一番話；他巴不得立刻就做，於是比平時起身早一個鐘頭，便從牀上跳起，穿了衣服，有好一會，他只是詫異着想：像自己這樣只有八歲的小孩子，能够給人家做什麽事呢？他打量着各樣做好事的機會，想來想去，終於想糊塗了，這纔聰明地決定：不再這樣的想下去了，還是把他的功課來溫習熟再說罷；這是他第一件須做的事，做了之後等着可以幫助人家的時候，就去幫助人家，可以說句好話的時候，就說句好話，用不着預先這樣那樣的打算哩。於是他蜷在屋角，免得他母親掃地拂塵時候礙着路；把兩腳擱在椅子的擋上，臉孔朝着牆壁，這樣的過了半點鐘光景，他便能够心地寬鬆的轉過頭來，這時覺得功課已經預備好，可以在——進早餐之前隨意的利用他的時間了。他屋子裏四下一望；他的母親已經把一切物事安排的很清淨，這時候走到臥室裏去了。只有煤簏和水桶還空着，湯姆便跑進去把兩樣傢伙盛滿。當他從自來水龍頭旁帶了水罐回來的時候，他看見安恆瓊斯（鄰近的悍婦）在小天井裏從這邊到那邊張着的繩子上晾她的衣服，正在氣忿忿的對着她女兒高聲的嚷着原來這女兒在屋子裏闖了什麼禍，給她從門外看見了。

『討厭到這麼田地的東西，眞是到處沒有的。』安恆瓊斯漲紅了臉，盛氣的走進她的家裏，這樣的說。不一會，湯姆就聽得鞭打的聲音，接着就是小孩子的嚷痛。

他心裏想道：『不知道我去看顧小海思透，和她去玩耍怎麼樣？安恆瓊斯是不好惹的婆子，不論當我是，當我錯總是一副兇狠狠的樣子對着我；不過她看母親的分上，總不至於打我耳光的。母親當吉米害熱病的時候，替她看護過好幾天呢。所以我想她總不至於打我的。無論如何我不妨試一下看。』他於是對着面目兇惡的瓊斯夫人惴惴的說道：『我去和海思透玩耍去好不好？當你忙着晾衣的時候，我也許可以弄的她安靜些。』

『什麼！趁我給當家人做早餐的時候，讓你們去糟蹋東西罷。謝謝你。我的孩子們吵的儘够了。我不要別人家的孩子到我家裏來。』

湯姆見他的好主意被誤會了，便不免有點悲傷的神情說道：『我並不是要吵鬧要糟塌東西哪！我只是打算幫幫你的忙。』

『你若是要幫忙，給我那些「衣夾」拿上來，省得我俯身；我的背脊俯的很痛了。』

湯姆覺得去和小海思透玩耍，引着她嬉笑就有趣得多；但是遞『衣夾』給瓊斯夫人卻也一樣的是幫她的忙；而且或者也可以使她遇到孩子們有什麼錯處，不至那樣的躁怒哩。再者這時候小海思透的哭聲已經消滅了，她分明是專心於什麼新玩意兒了。（湯姆但願這不要是淘氣的事情）他因此便遞起『衣夾』給她，她因了他這和善的幫助覺得舒暢了，於是向他吐露了一些心事說道：

『不知道你的母親怎樣的把你教養的這麼靈敏呀！你簡直不像一個男孩子卻像一個女孩子；比大概

的女孩子還要好。我知道海思透就是再長了三年,也決不會像你這樣懂事的。哪!』(這時候屋子裏小孩子們一陣新的驚叫聲傳到他們這裏)『他們又在鬧什麼事了。我卻要去教訓一番來,』她說,氣忿的從櫈子上走下來。

『讓我去罷,』湯姆用了懇求的聲口說,因爲怕聽第二回殘酷的鞭打聲。『我把「衣夾」的籃子提到櫈子上,那你就用不着俯下來了,我呢,去看管小孩子們,免得他們闖禍,直等到你事情做完。讓我去罷,夫人,』她見自己少了幫手,雖然嘮叨了幾句,卻還是讓他走進屋子裏去。他見到海思透,——一個五歲的小女孩子——和兩個更幼小的孩子。他們兩個原來爲了一把小刀打着架,在這回戰鬬中間,那第二個孩子,瓊尼割開了手指了,——割得並不厲害,可是他一見血就害怕起來了;海思透呢,她本來可以來幫一下子,而且委實也有些愀然,這時卻呆呆地站開不管,怕挨她母親的一頓打,因爲這兩個小囝在她照料着的時候,如果有一個自己弄傷了皮肉,她的母親總要給她一頓打哩。

『海思透,』湯姆說道:『請你拿點冷水給我罷!這是最可以止血的東西。你總尋得出一隻面盆來給我去舀水。』

海思透見湯姆深信着她的能力,不禁欣然的大踏步去了。待到流血一部分止住了的時候,他教她去尋一塊布片來,她便爬到雜物櫥底下去拿前一天藏在那裏的小布片。同時瓊尼也就住了哭,他見了預備裏他小創傷的一切情形,覺得非常之有趣,見了自己成爲這許多注意的對象,覺得非常之高興了。還有那一個小囝也坐在地板上,詫異似的看着紛擾的景象。他們這纔安靜着不闖禍,直至安恆瓊斯進來。她晾完了衣裳,做完了那早上的事情,便預備用了粗暴急躁的樣子,來照管她的孩子們。

『啊!湯姆,你把傷疤紮的這般乾淨,眞和我自己紮的一樣。我但願常有像你這樣的人照顧孩子們。可惜孩子呵,你現在得跑去了,剛纔我進來時候,你的母親叫着你,我說我會教他來的!再見罷,謝謝你。』

當湯姆出去的時候,瓊尼似乎有點感激他了,湊上嘴來要接吻,他便俯下身子去接,心中覺着很快活。

早餐後，他的母親便告知他，上學的時候到了，他得出發了，因爲她不喜歡他恰當教師快要上課的時候，呼息不迭地急忙忙跑進去，卻要他從從容容地進去。於是湯姆戴了帽子拿了書包望學校走去，他心地安閑，脚步也就輕便了，待他已經走了過半的路，離上課時候卻還有一刻鐘哩。他這纔緩了脚步，四面望望，在街的那邊有一個小女孩子，挈着一隻很大的籃子，吃力似地傍着一個纔會走的小囝走，那小囝是疲乏了，可憐地哭着，走不到三步就要坐下來。湯姆是很喜歡小囝們的，忍不住聽他們的哭聲，便穿過街去。

『小姑娘，你哭着什麼？可是要抱麼？我來抱起你來，和你走一程。』

說着，湯姆便動手去抱了；但是那小囝是只揀着姊兒抱的，卻拒絕了湯姆的盛情。他於是替那小女孩挈着那笨重的番茄籃子，走了一程，直到他們分道的時候，待到那時候，她向他道謝，說一聲『現在可以拿了，再見罷，』她的家可就很近了。於是湯姆很快活很安閑地走進學校去，上他的早課。

恰巧這一天是星期中的『半休息日，』所以這天下午，湯姆有許多鐘頭閑空着。午餐後，他第一件所做的事自然是爲次日温習功課，待到他把書籍放開了時候，他便起首忖度着：現在該做什麼事情呢。

他站在門旁，想望着各種各樣無謂的心願；這是他常有的一種習慣。他想望着自己是對門的小孩子，他有三個兄弟在『半休息日』可以一同玩耍，他想望着自己是散姆哈立森，他的父親曾經有一天帶了他乘火車旅行；他想望着自己是常乘馬車出去的小孩子——坐在馬車踏步上，看望許許多多的人們，想必何等愉快呵！他想望着自己是一個水手，開船到遍地生着葡萄，而且可以捉得猴子鸚哥的那些地方去。待他正在想望着自己是威爾士小王子，乘着羊車遊逛，詫異着頭上插了三根大鴕鳥羽，給衆人看見會不害臊的時候，他的母親洗完了食具，走過來，看見他正在深深地幻想，像是一般的男女孩子們常有的情形。

『我的湯姆，』她說，『爲什麼不出去，好好地消磨這個晴明的下午呢。』

『阿！母親，』他答說（忽然想到自己實在不是威爾士王子，卻是湯姆佛來其，便覺得有些氣沮）『我自己出去怪悶的，又沒有人同玩哩。你可以同我到田野去麼，母親——只要一會兒就是。』

可憐的佛來其夫人，她滿心想望着滿足那小兒子的自然的欲求；可是她照顧那店，還有許多小事情要做，同他到田野去終究是辦不到的。她卻也並不納悶，思量了一會，便欣然的說道：『到田野去走罷。且看你有多少好花摘來帶給我，待你回來的時候，我去把父親的瓶拿下來，插你摘來的花。』

『但是，母親呵，市鎮附近，好看的花是很少很少的，』湯姆有些不情願似地說，因爲這是從做威爾士王子黜降的事，他還沒有十分甘心哩。

『啊！孩子呵！只要你去尋找，也多得很哩。我想你一定可以摘廿種不同的來給我的。』

『菊可以算數麼，母親！』

『當然可以的，那是和別種花一樣美麗呢。』

『嘎！如果這樣的花也算數，我想一定摘廿種來還不止哩。』

他這纔跑出去了；他的母親在後面看望他，直至他不見爲止，隨卽依舊做她工作去。過了兩點鐘光景，他回來了；他那蒼白的臉頰現出玫瑰色，他那兩隻眼睛也十分閃耀了。他的野外散步已經使他得了他母親所希求的一切益處，而且回復了他那要安靜愉快的性情。

『看哪！母親！這裏一共有二十三種不同的花；你說什麼都可以算數，所以我把這朵紫丁香似的東西，和那朵藍色的普通小花也摘了來了。』

『這朵叫做「雀飛入籬」花』他的母親說；『是很美麗的，如果你近近的看着。一朵，兩朵，三朵，』——她把所有的花都數完了，的確是二十三朵。她便去拿下頂好的花瓶來。

『母親，』小湯姆說，『這些花你很喜歡麼？』

『是的，很喜歡，』她說，不明白他的意思。他默着，微微的歎了一口氣。『爲什麼，我的孩子？』

『哪！只是——你很喜歡這些花是沒有什麼意思的；我想這些花拿給哈萊蹺腳去就多少好呵！他永不能夠走到田野去，還不知道夏天是怎麼樣子呢，我想。』

『阿阿！那是很妙的；你想到這樣，眞虧你。』

哈萊蹺腳一個人很耐心的坐在鄰近的地下室裏。他靠着他女兒賺來的錢過日子；但她是在工廠做工的，所以他老是一個人住着。

如果一束花在田野裏的時候原來是美麗的，那麽，現在帶到地下室來，一定顯得十倍的美麗了。哈萊蹺腳一見這些花，他的兩眼登時快活得明亮起來了。他便講起長遠以前的事來，說是那時候他還是鄉下的一個小孩子，在他父親的園裏有一個角落，稱做他自己的園，種着『孩兒愛』和『牆頭花。』小湯姆給他把花插在水裏，便把花瓶放在他旁邊的桌上。在那桌上他的女兒原放着一本破損的舊聖經，這本書翻開着攤在那裏，上面有一架哈萊的眼鏡，記着讀過的地方。

『我的眼鏡漸漸的破損了，沒有先前的明亮了，戴在眼上覺得有些糊塗，使我多看一下書就眼花。』哈萊說；『現在我是很不便的。記得不多時前，我看書還着實便當哩；現在可大大的不行了，日裏悶的慌，巴不得日子快快的過去，晚上呢，腳骨痛，也只睡不穩。不過，這總是上帝的意志呀。』

『你可喜歡我讀麽——我是讀不響亮的，不過你若要我讀點給你聽，我可以盡力的試試看。我且跑到家裏喝些茶，立刻回來的。』於是湯姆跑去了。

他覺得對着哈萊蹺腳響亮的讀書是很愉快的，因爲讀了之後，他們兩人又談了許多投機的話。這些談話是把聖經當作藍本的。哈萊這老頭子在一生中見過聽過不少的事情，他便援引了這些事來作所讀的聖經的說明。

待湯姆起身出去的時候，哈萊蹺腳再三的道了謝，告訴他道：過了這許多快活的時光，夜裏不會再睡不安穩了。湯姆很自得地回到家裏來。『母親，』他說，『你說沒有錢也做得好事，這句話眞一點不錯呀！我今天不化一個銅子，卻做了好幾樁好事了。第一樁，』他屈一個指頭說，『我幫助安恆瓊斯晾衣裳，當她正在——』

他的母親一面聽着，一面翻着放在旁邊的新約全書，忽然尋到了她所要尋的文句，她便將臂膀輕輕地圍住他的腰，親密地抱近她的身邊來。他看見她的指頭放在一節的下面，讀道：——

『莫讓你的左手知道你的右手所做的事情。』

他沉默了一會。

於是他的母親用了低柔的聲音講道：——『最親愛的湯姆，雖然我不願意我們講着做了怎樣的好事，我卻歡喜着你已經明白我的話中的眞理了：慈善的心腸比單是佈施錢可以多做出多少好事來呵！而且慈善的心腸是個個人都可以有的。』

我已經把小湯姆八歲上和他母親同住時候有一天的事情說給讀者知道了。現在得跳過了一年，把他和那時所度的很不同的生活，來對讀者講。他的母親原是不很強健，而且善於憂愁的，落後害起病來，不久就覺得沒有痊愈的希望了，有許久時候，丟下她那小兒子這一層思想，在她是一個極大的苦痛。但是上帝卻強固了她的心，把『平安』送到她的靈魂裏，她在未死之前便滿意於丟下那寶貴的孩子在上帝的手裏——那上帝便是無父者的父，而且是管顧寡婦的。

當她覺得沒有多少日子好活了的時候，她便請了住在相去沒有多少英里的鎭上的她丈夫的兄弟來，便把她的小湯姆託付他照管撫養。

『儲蓄銀行裏存着幾個金鎊——不知道確實有多少——店裏有着傢生和一點存貨；我想敎他們把他養大了，做一個細木匠，像他父親一樣，這點家私大約也夠他們用的了。』

她虛弱地講話，時刻停頓着。她的夫弟雖然是一類粗鹵的人，卻在她的最後幾分鐘，竭力的寬慰她的心，而且被感動於手足之情，應許了她所要求的一切。

『我會帶了他回去，待過了——喪事，』他正要說出來，便停住了。她完全明白了他的意思，便溫和的微笑。

『我們待他也許不會像你的和婉；但是我想他總不會吃苦的。敎他和別的孩子們作伴，學得蠻一點倒也好——他是馴良得忒不像個男孩子了；但是他們如果欺侮他，我會收拾他們的，請你放心罷。』

這一番話雖然並不是正中她的心意的，可是其中含蓄着的無限的好意，卻够使她爲她兒子感謝這麽一個保護者了。於是她又感謝着曾經經過的歡樂感謝着致她柔靜的悲哀感謝着生，感謝着死感謝着一切而死了。

她的夫弟依了她的心願安排一切。在平靜簡單的喪事過了之後，他便攜了湯姆，走過六英里的路程，來到他的家裏。湯姆早已哭的不能再哭了，但是當他一路走去，經過有些熟識的房屋和樹叢時候，嗚咽卻不時的從他的胸膛湧上來。他的叔父很憐憫他，可是不知道怎麽說好，不知道怎樣的安慰他。

『孩子呵！寬心點，如果你的堂兄們欺侮你，你來告訴我。他們待你壞，我可以責罰他們的。』

湯姆原是指望着和堂弟兄們作伴是很愉快的，現在聽了這番話，倒有點膽怯了。他們穿過了幾條街道和小徑，來到灰暗的房屋前面一個天井裏，他的叔父便把一扇門開了，從那門口裏，傳出如果不是動怒的聲音便是響亮的喧聲來，湯姆直到這時候，心神只是沒有定。

門裏面，一個又長又大的女人正在劇烈地揮動着臂膀，將一個小孩子從她前面趕開；一面罵着一個比湯姆稍微大些的男孩子，那孩子搭趄地站在那裏，靜聽着她動氣的話。

『我一定把你的行爲告訴父親去，』她說；於是轉向約翰，將傑克做錯的事嘮嘮叨叨地說了好一回，毫不注意到小湯姆，他這時抓住他的叔父的手，當作這個風波中的一個保護者。

『哪，哪，家主婆！——下回再看見傑克在自來水管放着水，我一定給他一頓打；現在且拿點茶來給這個孩子和我吃，我們走的疲乏了。』

他的嬸母似乎想要傑克立刻挨一頓打，似乎見他丈夫不肯替她出氣，有些不高興了，原來那孩子正在洗衣日的前晚，把水統統放完，委實使她氣極了。她沒有招呼她的小姪兒，也沒有理睬她丈夫，便自顧走去揩了地板，又到火爐邊撥一撥火，預備擱茶壺。她嘴裏只是嘮叨着，說是火爐上剛纔加上了煤屑，而且家裏又沒有水可以盛到茶壺裏，要當即烹一壺茶眞累人。她的丈夫着惱了，湯姆聽了他叔父那銳利的聲口，也不由地吃驚了：『家裏吃些茶就値得這樣囉唆，我索性帶着湯姆到茶館裏去就是了。那邊火是一天到晚生着的，要怎樣就怎樣。而且也沒有嘮嘮叨叨的女人。湯姆，我們去罷。』

傑克原是在他母親背後，霎着眼睛，作着鬼臉，想和他那堂兄弟熟識的，現在就裝出持杯飲茶的模樣來。但當湯姆的叔父從椅子上站起來，要到茶館裏去的時候，湯姆卻抓住了他，輕輕地將他拖回到原椅子上面。『嬸母，你可以應許我麼？』他說，悲感地害怕着他的嬸母，『只要你應許我去拿水，我是尋得到自來水龍頭的。』

她默許似地咕嚕了一會；於是湯姆拿起茶壺來，不顧自己的乏力，走到自來水龍頭去。傑克是一天到晚除淘氣之外不幹什麼的，這時驚疑地站着，終於看定了他的堂兄弟是一個『老實頭。』

湯姆回來的時候，便用了破風箱來吹火，終於水沸了，茶煮好了。『你是個難得的孩子，湯姆！』他的叔父說；『不知道我們的傑克到了幾時纔這樣地中用呀！』

這一番比較在傑克固然不喜歡，在他的母親也是不喜歡的，因爲她以爲她丈夫對於孩子的不滿須由她指導着纔對。湯姆覺得他們對於自己委實缺乏善意，而且如今除吃睡之外又沒有事情可做，便不免十分悲傷起來，眼眶裏充滿了眼淚，恐怕給人家看見，就用手背來揩去。然而給他叔父看到了。

『你原是到茶館裏去喝一杯的好呀，』他憐憫似的說。

『現在也好的，只是疲乏些罷了。讓我去睡覺好不好？』他說，想望着在被底下偷偷地哭一個痛快。

『他到那裏去睡呢？』丈夫向妻子說。

她的怒氣還沒有消，便答道，『我不管。隨你想法去。他是你的親骨肉，不是我的。』

『哪！家主婆，』約翰叔父說，『他是一個孤兒，是一個可憐的孩子。孤兒是和個個人都親的。』

她登時柔和了，因爲她還是存着不少的善心，雖然這晚上，她曾經冒過火。

『別的地方也沒有，只有同傑克和狄克拚拚舖。我們還有着小囝囝，三個人已經够擠了。』

她領了湯姆到小小的後房，因她丈夫的言語已經刺了她的心，有一兩分鐘沒有和湯姆說話，隨後她便悔着起初原不該那樣無禮地接待湯姆了。

『傑克和狄克不等我們來睡是不肯睡的，他們必須玩厭了，纔肯來睡哩，』她一面說，一面拿着蠟燭去了。

湯姆一個人在房裏，忽然想起剛纔見到的一番凌亂和憤怒的情景來，便覺得有些迷惘。他記得他母親曾經說過，心裏有了什麼委屈，可以向上帝陳說的，於是依了她的話，懇切地禱告上帝，使他的前途光明。於是他纔入睡了。

他做了一個長的夢，夢着那些較爲幸福的日子的事，想着自己又復在星期日晚上同了母親散步了，正在這做夢的當兒，他的兩堂兄弟卻粗暴地把他推醒了。

『喂！孩子！全張牀都給你佔住了。你起來，讓狄克和我爬上來，到留着的空地方。』

湯姆半醒半不醒地眩暈着起來，他的兩堂兄弟爬到牀上去，隨卽互搶着頂大的部位。結果是一場腳踢的爭鬬，在爭鬬的當兒，湯姆站在牀邊，站着發抖。

『我們實在已經够偪促了，』狄克說，『想不懂他們如何再把湯姆放到我們這裏來，這是不行的。湯姆不可以來和我們一同睡。他如果要睡，他睡到地板上去，我就不阻止他了。』

他料着湯姆一定反對的，待到聽得這位小客人在地板上靜靜地躺下去，把自己的衣服蓋在身上，便不免有些驚異了。傑克和狄克爭執了一會也就睡熟了。但是到了半夜裏，狄克醒過來便聽到了湯姆的呼息聲音，知道仍然醒着，輕輕地在哭。

『什麼！寶寶呀！哭着要柔軟些的牀舖麼？』狄克問。

『哦！不是哪！我並不計較的！阿阿！我只想着母親哪。』小湯姆很響地嗚咽。

『聽我說』狄克停了一會說『你如果爬上來我的背後還有一些空地方。哪！不要怕——咿喲！你好不冷呀！孩子。』

狄克憐憫着他的堂兄弟沒有地方睡，卻不能說出來。可是他那和善的聲口，終究侵到湯姆的心坎裏，於是他又復入睡了。

三個小孩子早上同時起了身，卻都不想講話。傑克和狄克儘快地穿了衣服，便跑下樓去。但湯姆這一天的情形卻和往常大不相同了，他找尋着面盆或是水桶要洗臉；一隻也沒有找到，屋子裏連盛水的瓶也沒有。他披上一些省不來的衣服，走下樓去，尋到了一個水缽，便走到自來水龍頭去。他的兩堂弟兄正在天井裏玩耍，只是對着他笑，不肯告訴他肥皂放在什麽地方；他找了幾分鐘，方纔找着。於是他回到臥房；但從新鮮空氣裏，一進這間房裏來，那氣息是悶得怪難受的，三個人把空氣已經呼吸了一整夜，把空氣中每個分子用了又用，已經有許多回了；這空氣在肺部裏經過的次數愈多，便愈不適宜於再吸入了。當他們三人住在這臥房裏的時候，他們是不覺得這空氣是怎樣有害的，他們只覺得疲倦，不精神，有些頭痛罷了；但現在湯姆重復回到這裏來他不會辨不到窒悶的氣味了。他走到窗邊去開窗。這個窗因為長久沒有開，很不活動了。湯姆盡力地一推，那窗砰的一聲便推開；可是這一震，卻震碎了一大塊玻璃，落到地上，碎成千片了。湯姆一見闖了禍，便大大地吃驚了。他在前一晚，已經看明白了他的嬸母的為人，知道她是一個尖辣性急暴躁的女人，現在第一天在這家庭就闖禍，這是何等可怕的事呀！他坐在牀邊，哭起來了。但是早晨的空氣吹來，使他振作了。他在清淨的冷水裏洗了臉，便益發覺得壯勇了，『她不會一天到晚對我發火的。今天夜裏事情總可以過去了。我忍受一天還可以。』

狄克跑上樓來，拿他忘記了的一件東西。

『咿喲！湯姆！你要挨打麽！』他看見碎玻璃便嚷。他見這件事有些高興，而對於湯姆也有些憐憫。『母親上禮拜把傑克很結實地打了一頓哩，因為拿石頭摔着樓下的窗子。他一直躲到晚，但母親卻一直搜尋他，後來看見了，便把他捉住，給了一頓打。噯！湯姆，你怎麼辦呢？』

湯姆聽了這一番話又哭了；狄克對於他便愈加動憐起來。

『我敎你一個法子罷。我們走下去，說是那邊後天井裏一個孩子拋石頭，便打穿了這窗子，我袋裏已經藏好了一片碎玻璃，可以拿去給他們看。』

『使不得，』湯姆說，忽然住了哭。『這麼辦我不敢。』

『怎的不敢！你難道走下去，不這麼說去見母親的面倒敢麼？』

『我總不說謊。我總不冒犯上帝的怒。母親敎我要懼憚上帝，此外什麼都用不着怕。狄克，且靜一會兒，我要做禱告了。』

狄克望着他的小兄弟在牀邊跪下，將臉埋在衣襟裏，喃喃地禱告着，在狄克聽去，好像是和一個親密的朋友說着話。雖然起初有些嗚咽的聲息，可是一仰起身來，他臉上卻顯着和悅的神色。他靜靜的對狄克說道：『現在我要走下去告訴嬸母了。』

那嬸母當他過來招認的時候，正因為找不着她的水鉢和肥皂，心頭很暴躁。她已經因了他把她的物事帶走，弄的早上不能做事，現在他又來告訴她窗玻璃碎了要修，豈不是全因了小孩子的胡鬧，便要把銀錢白化費了麼？

她把他很厲害地打了幾下。傑克和狄克只是納罕地看着他怎樣的捱受。傑克料着這『老實頭』總要大哭一番（傑克自己在前回挨打時，曾經哭的很響）然而湯姆卻連一點眼淚也沒有，雖則他的臉變的很紅，他的嘴痛的斂縮了。還有比他忍痛的功夫更加感動他們兩孩子者，就是他後來的沉靜。他並不像傑克似的高聲嚷痛，也不像狄克似的裝着獃臉，卻過了一會就供他的嬸母差遣了。當他的叔父回家進早餐時候，他的嬸母本來料着他要把挨打的事說出來的，可是他卻一點也沒有提起。這在她很高興，因為她知道她丈夫曉得她這麼早就動手打這孤苦的姪兒，是要不高興的。因此她幾乎感激着湯姆的沉默，開始悔憾着當初打他在那第一個早晨覺得很寂寞很淒涼。他沒有什麼事做。傑克到工廠作工去；狄克也咕噥着到學校去了。湯姆不明白自己是否再進學校去，卻也不喜歡動問。他坐在小欖上，竭力避着那可怕的嬸母的眼光，她有一個最幼的孩子，是一個一歲半光景的女孩，老是在地板上爬。湯姆想要和她玩，卻拿不穩他嬸母可有幾分贊成。他只是對着她微笑，做着各種可以引她注意的小把戲，使她走到他的跟前來。終於她被誘到他的膝蓋上來了。他的嬸母看見了，雖然並不說，卻也沒有現出不高興的臉色來。他做着想得到的各種把戲逗着小安尼玩；她的母親見他這樣的看管着那小囝，覺得很高興。當安尼漸漸睡熟的時候，她那肥軟的小手裏仍然緊揑着湯姆的手指。於是他又復領會到向人用愛這一種快樂的心情了。還只在昨夜，當他的兩堂弟兄不許他在牀上睡覺的時候，他曾經揣想着，他莫非一輩子該沒有誰可愛麼？但現在呢，他對於躺在他膝上的那小囝，卻覺得十分親熱了。

『她使你太累了，湯姆，』她的母親說，『還是讓我來放她到小牀裏去。』

『不妨事！』他說，『我很喜歡她躺在這裏。』她雖然很重地壓在他的臂膀上，他恐怕弄醒她，卻一動也沒有動。

當她醒了的時候，他的嬸母說道，『謝謝你，湯姆。虧着你替我看管，我已經把事情都做好了。現在你到天井裏去跑跑玩玩罷。』

這種和善的言語，他的嬸母從沒有對孩子們說過，現在居然對湯姆說了，這是她不知不覺中從湯姆的性情上受了感化了。

正餐的時候到了，全家的人聚着進餐，湯姆的臉上顯得很紅。他的嬸母因爲新生的小囝喜歡他的緣故，便儘先把好的小菜遞給他吃。但是他並不就吃。他依了他母親的遺訓，餐前總得做一番簡單的祈禱。他料着他的叔父也一同做祈禱，便只是等候着。於是他覺得很臉熱很羞澀了。但是他一想到祈禱是應該做的，便撇開了羞態平靜而卻嚴肅地唸了一遍慣熟的謝神的語句。傑克待他唸完了，便大笑起來，傑克的父親把他打了一下，罵了幾句，纔使他沉默了。我想這時全家的人，除卻傑克有些不高興之外，恭敬地聽了一番湯姆祈禱，一定都覺得幸福的。他們原來並非不安分的人們，只是他們日常的生活上，缺乏縝密的思慮罷了。那種縝密的思慮是把秩序給予家庭，而且使愛的精神成為秩序的基礎。

從第一天起，湯姆並不因了有些得勢便要退後。他一直於他的嬸母很有用，而且安心地忍受着她那急躁的脾氣。他的叔父有時說，他是這許多年由女人教養起來的，所以不像男孩，倒像女孩，可是這種觀察實在是不對的。他那勇敢的氣概，熬苦的精神，他的叔父也不能不敬重哩。至於小安尼呢，那是湯姆心底裏最歡喜的人兒，她高興了，湯姆也高興了。別人漸漸地喜歡起他來，他是不大知道的。只有安尼卻把愛他的心情百般地流露出來，所以他對於安尼格外地喜歡了。狄克不多久也覺得湯姆在功課上很可以給自己幫忙的，便不由地說道，『湯姆是很有本領的。』

現在我要再跳過一年，把湯姆進這家庭之後十二個月的事，向讀者約略報告一下。我上面說過，他的嬸母對於他已經不大說暴躁的話了。久而久之，她對於一切人也不大暴躁，因為她漸漸覺得在湯姆面前，氣忿忿地講話，似乎有些不好意思了。她有時還和他談起他母親的事，聽了湯姆說的他母親生平的種種善事，便覺得到了不少的益處。她的丈夫因見家裏清靜和平，也心平氣和了。他現在也不為要避開囉嘈的孩子們，永不收拾的爐灶，以及嘮嘮叨叨的妻子時常到茶館裏去。有一回，湯姆病了一二天，他的叔父聽不到祈禱，便自己來做。現在全家都非常整潔，不像先前凌亂的樣子了。湯姆和狄克一同到學校讀書，狄克的成績漸漸好起來，不久就同湯姆幫助他似的，可以在功課上幫助他的小兄弟了。

於是連傑克也承認湯姆有本領，非常地喜歡他了。湯姆並沒有想到幸福，卻實在是幸福了。

讀者諸君！自從湯姆進這家庭以來，這家庭就何等幸福呀！金錢能夠造成這種幸福的十分之一麼？我想讀者一定說是不能夠的。可是湯姆並非一個有力量的人，他也並不怎樣的聰明；他起初還連要好的人一個也沒有呢然而他是和愛而且存心很好的，便在這兩種品性上，上帝大量地賜着福哩。

——現代手與心

一套美麗的新衣服

威爾士原著　胡仲持譯

威爾士小傳

威爾士（H.G. Wells）生於一八六六年，是英國近代的小說家和歷史家。他少時研究生物學，繼而又做新聞記者。到他廿九歲的時候，發表科學小說時間機器，很博讀書界的好評。後來做了一本通俗的世界史，題名世界史綱，各國都有譯本。威爾士的作品，抱着熱火般的現代精神，也帶着社會主義的色彩；可惜他的階級背景限制了他的前進，終於停滯在通俗作家的路途中。

從前有一個小小的人，他母親給他做了一套美麗的衣服，那是綠色中間帶着金色的，織得精美細巧到無可形容，而且有一個橘皮色絨毛的領結在他的頦下結起。嶄新的鈕扣，晃耀着像星一般。他對於他的衣服非常的得意高興，當他初次穿上時，他站在長鏡面前，對那衣服驚喜到轉不得頭了。

他想要穿了到各處去，炫耀於各類的人。他想遍了他曾經到過的各地方，曾經聽人敍述過的各名勝，竭力的想像着倘若他現在穿這晃耀的衣服到那些名勝地方去，會有什麽感想；他又想要穿了走出到草原上長的草和熱的日光中間去。但願穿一穿呵！然而他的母親對他說『不。』她說，他必得大大的當心那套衣服，因爲他沒有別一件差不多精美的了；他必得節用牠節用牠，只在稀罕重大的時節穿一穿纔是。這是他的婚服了，她說。她又將那些鈕扣用薄紙裹起，恐怕那新的光輝要沾污的，她在袖口，肘彎和頂容易損傷的什麽地方，綴着小塊的防護的布片。他憎惡抗拒這些事，但他能怎麽幹呢。終於她的警告和勸導有了效果了，他允許脫去那套美麗的衣服，照他適當的摺痕摺起，放置在別處。這彷彿他將牠丟棄了一般。然而他常常想着穿牠，想着盛大的時節，那一天這套衣服可以沒有防護的布片，沒有薄紙在鈕扣上，完整的愉快的，不要小心，無限美麗的穿起來。

有一夜,他依着習慣夢到那套衣服,他夢到他拿去了一顆鈕扣上的薄紙,看見那鈕扣的光輝略略消褪了,這便使他在夢中大大的悲傷。他將那褪光的鈕扣擦了又擦,可是這彷彿變得更加晦黯了。他醒轉來,張了眼躺着,想起略略晦黯的光輝,詫異着倘若盛大的時節或者來到時,一顆鈕扣卻偶然的失了起初閃爍的鮮耀,那怎麼樣呢,那種思想便天天悲傷的存在他的心中。當下次他的母親讓他穿那套衣服時,他不由的揉去了一片薄紙,看那些紐扣可還保得同從前一樣的光輝。

他裝扮着向教堂走過去,充滿了這狂熱的欲望。讀者須得知道他的母親是用了反覆的仔細的警告,讓他有時候穿一穿的,例如,星期日,往教堂的時候,沒有下雨的徵象,沒有塵埃吹着,也沒有什麼可以損害那衣服的那些時候,將鈕扣掩蓋着防護的布片綴在上面,手裏又拿一柄陽傘遮那衣服,倘若日光於他的顏色似乎太強烈了。常常在這樣的時節之後,他將那衣服拭一遍,照着她教他的,好好的摺疊起來,放置在別處。

現在他母親對於穿那衣服所定的一切的規條,他遵從了,他常常遵從那些規條,直至一個異樣的夜,他醒了轉來,看見月光在窗外照着。在他看來,那月光似乎不是尋常的月光,那夜也不是尋常的夜,他十分疲倦的躺着,心裏存着這奇異的觀念。思想接連着思想,像那在黑影裏熱切的微語着的物們一般。那時他忽然在他的小牀上很敏捷的坐了起來,他的心很快的跳着,他的身體從頭到腳一陣抖。他決定了主意。他知道現在將要穿那衣服,因爲那衣服應該穿了。這事情,他沒有疑義了。他害怕,非常的害怕,卻又高興着,高興着。

他下了牀,便到窗口站了片刻,望着月光瀰漫的花園,爲了他想幹的事而震顫着。空氣充滿了一陣蟋蟀的微細的喧囂,和小的生物的低微的喃喃的叫喊。他很輕的走過礫格的地板,恐怕弄醒了沈睡的屋子,走到暗的黑的大衣箱,這裏面那美麗的衣服摺疊了放着,於是他一件一件的把衣服拏了出來,輕微而很切心的撕去了那包着的薄紙和綴着的布片,直至看到那衣服是完美得同他母親第一次給他穿的時候他所見的一樣——似乎這在好多時候以前了。在他這套親愛的衣服上面,沒有一顆鈕扣晦暗,沒有一根線褪色,他悄悄的急快的穿上了，高興得幾乎哭出來。他隨卽輕快的回到朝着花園的窗口，在那裏站了片刻，晃耀在月光裏，鈕扣星一般閃爍着。隨後他走上窗檻，竭力的防止着繚綷的聲音，爬下到下面花園的路徑。他在他母親的屋子前面站住了，天色白濛濛的，幾乎分明的同日間一樣。除卻他自己的窗戶，一切的窗戶閉着像睡着的眼睛一般。樹木投下沈靜的黑影在草上，好像錯綜的黑花邊。

月光裏的花園是很和日間的花園不同的；月光在籬笆中間纏結着，虛幻的蛛網似的從這枝條伸到那枝條。一切的花閃着白的和赤黑的光，空氣因了小蟋蟀的銳鳴微顫着，黃鶯在樹林的深處隱藏着歌囀。世間沒有黑暗了，只有溫暖的神祕的黑影。一切的花和葉嵌着綠着露水的采色的珍珠。這夜比從前的一切的夜都溫暖，天空彷彿有一種神蹟，立刻更大更近了，雖然有主宰世間的象牙色的大月亮，天上還是充滿着星。

那小小的人並不因爲無窮的愉快而呼喊或歌唱。他站了好久，像吃嚇的人一般，隨後一聲古怪的低小的叫喊，伸出他的臂膀，他跑出去了，彷彿他要立刻擁抱無限的圓的全世界似的。他並不走圍繞着花園的收拾得乾淨見方的路，卻衝過了草地，穿過了潮溼高昂芳青的雜草，穿過了夜氣尼古丁氣和幻白色的錦葵花叢，穿過了南木和拉梵特艸的叢林，又沒膝的橫過了木犀艸的廣闊的地面。他來到大籬笆，便打那裏穿過路去；雖然荊棘的刺深深的刺着他，撕起了那華麗的衣服上面的線，雖然黑三稜豬殃和黑浮斯（均草名）將他抓住了，他並不在意。因爲他知道這是他所想望的各種的穿法。『我高興着，我穿上了這套衣服，』他說；『我高興着我穿了這套衣服。』

過了籬笆，他來到鴨塘旁邊，或者至少來到日間的鴨塘旁邊。但在這夜裏那塘卻變了個盛着銀色月光的大碗，變了盛着怪異模樣的銀色月亮的大碗，在這碗內不住的喧噪着歌唱的田雞。那小小的人便跑下到疏朗朗的黑蘆葦中間的塘水裏去，起初是沒膝，後來沒腰了，最後沒到他的肩膀，用兩手擊水，做成黑的晃耀的水波，搖盪破碎的小波，在那些小波中間，岸上覆着的樹纏結着的反影裏，許多的星被網着。他涉着，後來泅着，泅過了塘，來到那邊岸上，拖帶着一種東西，在他似乎不是水藻，卻是黏滯點滴的長的，成塊的銀子。他起來，經過了那岸上雜亂的柳葉菜和不整齊的草秧。他高興的喘吁吁的來到大路上。『我高興得』他說，『沒有限量哩，我居然穿了配這時節的衣服了。』

大路是箭一般直，一直通到月亮下面深藍的大洞裏，是一條在歌唱的黃鶯們中間白的晃耀的路，他便循着那路過去，忽而且跑且跳，忽而且走且高興，穿着那衣服，他母親用不倦而且可愛的手給他做的。路上塵埃很厚，但在他看來不過是一片柔軟的白；當他走去時，一匹灰暗的甲蟲過來，繞了他濡溼，閃光而且急忙的形體飛着。起初，他不曾留意甲蟲，隨後他用手揮着，他向他做出一種跳舞，當甲蟲飛繞他頭的時候。『柔和的甲蟲呵，』他叫着，『親愛的甲蟲呵！奇異的夜，世界之奇異的夜呵！你想我的衣服美麗麼，親愛的甲蟲！美麗得像你的甲殼，像天地的這一切的銀幕罷？』

於是甲蟲飛繞得更近更近了，最後他的鵝絨似的翅膀恰恰拭過了他的嘴唇……

次日早晨，人見他在石洞的底裏死了，他的頸頸受着傷，那美麗的衣服帶着一點血跡，而且給塘裏的水藻污穢骯髒了。然而他的面孔還是這樣快活的一副面孔，倘你見了那面孔，你一定就可以理會，怎樣的他快活的死了，永不知道那寒冷的流着的銀子，便是塘中的水藻。

——現代手與心

自殺俱樂部

史蒂文生原著　豐子愷譯

史蒂文生小傳

史蒂文生（R.L.Stevenson）生於一八五〇年，死於一八九四年。他從小就喜歡文藝，又因多病，只好擇地靜養。先挈家西渡卜居北美洲，後來又橫泛太平洋，漫遊海洋洲，住在三毛亞島，也死在那裏。他頂有名的著作就是冒險小說金銀島（一譯寶島）這一本書沒有一個英美的孩子不曾讀過的。

一　持乳酪果餡饅頭的青年

多才多藝的波希米亞王子弗洛律才爾寓居在倫敦的時候，曾以其舉動的吸引力及深切的慈悲心獲得一切階級的人心的傾仰。僅就其爲世人所知的事蹟而論，這王子已是一位非凡的人物；但這些不過是他所實行的事蹟中的一小部分而已。他在平日是一個溫和穩健的人，常用與農夫野人一般的眼光觀看世間；然而對於其運命所制定的波希米亞王子的身分以外的種種冒險而奇特的生活，並非沒有趣味。每逢興致不佳的時候，倫敦的各劇場中都無好戲可觀的時候，或季候不適於他的凌駕一切競爭者的種種野外競技的時候，他就召喚他的馬寮長又心腹友的琪拉爾定大佐，命他準備夜遊。這馬寮長是一個勇敢而竟有些鹵莽氣質的青年士官。

大佐歡喜地受了命令，連忙去準備。長久的習慣與世間的種種經驗，使他於變裝上有了無比的敏腕；他不但能用顏貌及態度，又能用聲音，甚至於思想，來適應各種階級，性格，及國土的人們；因此他能使王子避去人目的注意，有時二人得入奇怪的社會中。當局者全然不知道他們這種祕密的冒險；王子的沈着的勇氣，與大佐的機敏的智慧及騎士的忠節，使二人通過了屢次的危機；主從二人的信賴與日俱深了。

三月中有一個晚上，二人被一陣激烈的雨雪所驅，走進了利斯泰街鄰近的一所牡蠣酒館中。琪拉爾定大佐改裝變貌，扮做一個與零落的新聞有關的人；王子則照例用假鬍鬚和一對大的假眉毛，裝作滑稽的相貌。這些化裝使他變成了一種毛髮蓬鬆而飽受風霜的樣子，在像他那樣的上品的人，這全是不可推測的假裝，主從二人這樣打扮了，從容地在那裏喝白蘭地和蘇打水。

酒館裏充滿着男女顧客；雖然其中有兩三人和這兩個冒險者談話，但沒有一個人希望更接近他們。這裏面都是倫敦的渣滓及平凡的下層社會的人們；王子已打欠伸，對於一日的行樂覺得疲倦了，這時候那自由扉猛然地推開，一個青年背後跟了兩個男僕，走進酒館來。兩個男僕各捧着一大盤乳酪果餡饅頭；上面蓋着布，一進門就把布拿去；那青年在顧客間巡行了一周，用一種異常謙恭的禮貌，強請各顧客受取那些點心。他的請願有時被人笑着容納；有時斷然地，或竟嚴厲地被人謝絕。逢到後者的情形的時候，那青年就說了幾句滑稽的話，自己喫了那饅頭。

最後他來對弗洛律才爾王子說話了。

『先生，』他裝着一種極慇懃的態度，用拇指和食指夾了一個饅頭呈上，同時這樣說，『初次見面，你能笑納一個否？我可擔保這點心是上等的，我自己從五點鐘到現在已經喫了二十七個了。』

『我的習慣，』王子回答，『對於贈品不重其物質，而寧貴其見賜的精神。』

『先生，這精神，』青年又行一個禮，答道，『是嘲笑了。』

『是嘲笑？』弗洛律才爾順他一句。『你意欲嘲笑那一個？』

『我並非來這裏講哲學，』那人回答，『我不過是來分送這些乳酪果餡饅頭的。倘然我說，我是眞心地投身於這可笑的事業的，我想你一定十分光榮，請你屈就一下。不然，你就是強要我喫第二十八個，我實在已經喫厭了。』

『這的確使你爲難，』王子說，『我滿望爲你解除這難點，但有一個條件：倘然我的朋友和我喫了你的點心——我們都是並不想喫的——我們要請你一同晚餐，作爲報答。』

那青年似乎考慮了一下。

『我還有幾打饅頭在這裏，』後來他說，『在了結我這大事以前，我非再去走訪幾處酒館不可。這須費些時間；倘使你們的肚子餓了——』

王子用很謙恭的辭色擱住了他的話。

『我的朋友和我陪了你去，』他說，『因爲我們對於你的過夜的極有趣的方法，已經感到深的興味。現在和平的預議已經決定，請允將條約雙方簽字罷。』

於是王子極痛快地吞食了那果餡饅頭。

『滋味很好，』他說。

『我知道你是識者，』那青年回答。

琪拉爾定大佐也同樣地領受了那饅頭；這酒館中所有的客人或者領受了或者謝卻了他的佳貺，青年就拿了那些乳酪果餡饅頭，引導二人到別的同樣的酒館中。那兩個僕人，已經習慣於這種奇怪的事業似地，立刻跟在他後面；王子和大佐走在最後，挽着臂，一面互相笑視，一面走去。這一班人照這順序訪問了兩家酒館，在那裏演出與上述同樣的光景——有的人謝絕，有的人領受這漂浪者的款待，青年自己喫了每次被謝絕的果餡饅頭。

走出了第三個酒館，青年數一數他的物品。剩下的已只有九個，一盤裏三個，一盤裏六個。

『諸位，』他對新來的兩個從者說，『我不要延遲你們的晚餐。我確知你們必然肚餓了。我實在蒙了你們的特殊的盛情。在我所認爲重大的這一天，當我做了這最顯著的愚舉而欲結束我的愚笨的一生涯的時候，我願向給我援助的一切諸君充分地表示好意。諸位，你們可不再等待了。雖然我的脾胃已因了以前的過分多食而受傷，但我誓必實踐這停頓條件。』

說過之後，他就把餘剩的九個果餡饅頭塞入口中，一個一口地吞食了。然後他轉向那男僕們，給他們兩個索佛林。

『我實在感謝你們，』他說，『爲了你們的特別的辛苦。』

他向每人鞠一躬，謝卻了他們。然後他立着，向剛纔開銷僕人的錢囊中注視了一回，笑着，把這錢囊拋棄在街道的中央了，於是表示他的預備同赴晚餐。

在索霍街上，一所曾經負過盛名而今已被人忘卻了的某法蘭西小酒館中，三層樓上的一間特別室裏，三個人享用着上等的晚餐，嚥着三四瓶香檳酒，娓娓不絕地縱談各種的話題。那青年很會饒舌，又很快活，但他笑得比一般敎養良好的人的自然的笑聲更響；他的手激烈地震顫，他的聲音作唐突而驚人的抑揚，似乎不是有意的。食後的點心已經用畢，三人各點起一枝雪茄，於是王子對那青年這樣說：

『我確信你一定能原諒我的探索。我看了你的舉止，覺得非常愉快，更是非常驚駭。雖然我不歡喜爲愚昧者，但我必須告訴你，我的朋友和我都很值得信託以一種祕密。人們各有種種的祕密，而且不絕地在洩漏到不配聽的耳中。倘如我所想像，你的生涯是一個愚癡的故事，但你對於我們這全英國最愚癡的兩個人，可不必客氣。我的名字是哥道爾，西奧斐勒斯．哥道爾；我的朋友是亞爾弗雷特．亨麥斯密史少佐——或者……但總之他是歡喜用這名字被稱呼的。我們的生活，每天是追求放縱的冒險；沒有一種放縱的生活不能引起我們的同感。』

『我傾仰你，哥道爾兄，』青年回答；『你能引起我的自然的信仰；且我對於你的朋友少佐，也全無一點異感，我料他是一個假裝的貴人。至少，我確定他不是軍人。』

大佐聽見他極口讚美他的變裝術，臉上顯出微笑；那青年更加提起精神，繼續說道：

『我不把我的一生的故事告訴你們，都有理由。恐怕這正是我現在所以要告訴你們的理由。你們似乎充分準備着聽講愚癡的故事，我總不致使你們失望。我的姓名，雖然你們已把姓名告訴我，我卻不能告訴你們。至於我的年齡，在故事中不是必要的。我出身自淸白的家世，從祖先們承受了像我現在這般強健的身體，和三百鎊一年的遺產。他們又遺傳給我一種疎狂的性向，放恣於這種性向中，一向是我的主要的樂事。

我曾受高尙的敎育。我會奏提琴，幾乎可在劇場的管弦樂隊裏賺錢，但並不充分。笛和法蘭西喇叭我也曾學到同樣的程度。我又懂得打牌，每年爲這科學的游戲損失約一百鎊之數。我的貫通法語，也足夠使我在巴黎散財，差不多同在倫敦一樣便利。總之，我是一個充分具有男性的嗜好的人。我經歷過各種的冒險，就中有一次曾爲了些些小事而赴決鬪。

總得兩個月之前，我逢到一個心身都適合我的趣味的靑年婦人；我覺得自己的心融化了；我自己知道終於逢到我的運命，將要墮入戀愛了。後來我一算自己所餘剩的財產，發見其爲數已不到四百鎊了！試問——一個有自尊心的男子能否拿了區區的四百鎊而從事戀愛？我斷定他決計不能；就遠離了我的美人，從此我漸漸增加我的平常的費用的速度，到了今天朝晨而剩下我的最後的八十鎊。我把牠平分爲二股；保留四十鎊爲某種特別用途；其餘的四十鎊便是我預備在今晚以前使完的。

今天我過了很愉快的一天，除了給我以拜識你們的好機會的乳酪果餡饅頭的滑稽劇以外，我又演了許多滑稽劇；因爲我剛纔對你們說過，我決心欲在我的愚癡的生涯上加一個更愚癡的結尾；你們看見我把錢囊拋棄在路中的時候，便是那四十鎊的使盡。現在你們已完全理解我了：我是一個愚笨人，但是始終一貫，愚笨到底的人；我要求你們相信我不是一個飮泣者或膽怯的人。』

從靑年這番話的全體的調子上看來，他顯然是懷抱着非常苦痛而侮蔑的思想的；他的兩個聽者就想像到那戀愛事件是他中心最重大的一事；他已在設法處理他自己的生命了。回想那乳酪果餡饅頭的滑稽劇，更覺得是一幕假裝的悲劇。

『咦，這不是奇緣麽；』琲拉爾定向弗洛倖才爾王子一看，突然叫出，『我們三人因極小的機會而在這樣廣大的倫敦地方相會合，而三人的境遇如此相類似！』

『甚麼樣?』那青年問。『你們也是失意人麼?這晚餐是同我的乳酪果餡饅頭一樣的愚舉麼?難道是惡魔召集了他的三個同志而開這最後的宴會?』

『這個無疑,惡魔有時會做很體面的事,』弗洛律才爾回答;『我對於這暗合,心中非常感動,雖然我們的境遇並不完全相同,但我想消滅其差別。讓你的最後的乳酪果餡饅頭的勇敢的辦法做我的前例罷。』

王子說過之後,摸出他的錢甕,從其中取出一小束的鈔票來。

『我雖然遲了你一星期,但我一定要趕上你,與你同赴決勝點,』他繼續說。『這一點,』他放一張鈔票在桌子上,『付賬大約够了。餘多的——』

他把餘多的鈔票投在爐火中,那些鈔票一焚燒盡,上升入煙囱中。

『不幸的人,』他叫道,『你不該全部燒盡!你應該保留四十鎊呢。』

『四十鎊!』王子反復一句。『爲甚麼要四十鎊?』

『爲甚麼不八十鎊呢?』大佐叫道;『我的確知道這一束鈔票一定不下一百鎊。』

『只要四十鎊已經够了,』青年用陰鬱的調子說。『但沒有這四十鎊不得許可。規則是嚴重的。每人四十鎊,可惡的人世連死都非有錢不行!』

王子和大佐面面相覷。

『請你說明其理由,』大佐說。『我身邊還有一隻充實的票篋,我當然願意分送給哥德爾兄。但我必須知道這是爲甚麼目的:你必須把意思告訴我。』

青年似乎被促醒了;不安心地向二人看,他的臉通紅了。

『你們可不是和我開玩笑?』他問。『你們眞果是同我一樣地破零落了的麼?』

『眞的,至少我是眞的,』大佐回答。

『我也是,』王子說,『我已有證據給你看了。除了破落戶以外,誰肯把鈔票投在火裏呢?這一件事已足表明了。』

『破落戶——不錯，』青年懷疑似地回答，『否則大富翁。』

『好了好了，先生，』王子說；『我已經這麼說過了，我不慣於隱藏自己的說話。』

『破落了？』青年說。『你們也同我一樣地破落了？你們是送斷了耽溺的一生，而現在達到了只能耽溺於這一道的關頭麼？你們是』——他放低他的聲音，繼續說道——『你們是要委身於那最後的耽溺麼？你們是想用那唯一的不謬而容易方法來避去你們的愚行所致的結果麼？你們想從那唯一的出口逃避良心的苛責麼？』

他突然住口，想裝出笑來。

『祝你們健康！』他乾了一杯酒，這樣叫出，『再會，再會，快樂的破落戶。』

他將要立起身來，琪拉爾定大佐捉住了他的臂。

『你不信用我們，』他說，『這是你的不是。對於你的一切的質問，我都肯定地回答了。但我不是那樣膽怯的人，不歡喜說曖昧而不負責任的話。我們都是同你一樣，對於生活已經厭倦，而決心求死了。或早或晚，或獨自或同行，我們決意要找到死神，在他所伏的地方拉住他的鬍鬚。現在遇到了你，而你的情形更爲切迫，那麼就是今晚罷——現在立刻——倘然你願意，我們三人一同來。這麼一個分文不帶的三人團，』他叫道，『可以挽着臂走進閻王殿裏，而在亡靈之間互相得些扶助呢？』

琪拉爾定突然注意到了他的符合於他所扮演的角色的態度與語調。王子不安心起來，用疑惑的眼色看着他的心腹友。那青年，頰上又微微地推起紅潮，他的眼中射出光輝。

『你們眞是我的同志！』他帶了悽慘的歡喜而叫出。『我們握手締盟罷！』（他的手冷而濕。）『你們恐怕沒有知道你們將趨赴甚樣的團體中！你們恐怕沒有知道吃我的乳酪果餡饅頭是於你們自己何等有益的機會！我不過是一個人，但我是一團體中的一個人。我知道死神的祕密的門戶。我是他的一個親友，能不費手續，不遭怪怨，而引導你們到他的永遠的世界中。』

他們熱心地要求他說明他的話的意義。

『你們間能湊集八十鎊的金錢麼？』他問。

琪拉爾定故意作勢地計數他的票篋，回答他有。

『那很幸運！』青年叫道『四十鎊是自殺俱樂部的入會費。』

『自殺俱樂部，』王子說，『這是甚麼樣的東西？』

『請聽我說，』青年告訴他們，『現代眞是便利的世界，但我要告訴你們其最後的完成的一種便利物。我們要赴各地辦事務；於是發明了鐵路。鐵道能萬無一失地使我們離去我們的友人；又造出電信，使我們可以隔着很遠的距離而在瞬間通信。就是在旅館中也有升降機，可使我們免得攀登數百級的扶梯。於此可知這世間不過是我們歡喜扮演某角色的期間所用的演滑稽劇的舞臺。在現代的娛樂中，還缺少着一種便利；即離去這舞臺的一個適當而容易的方法；通自由之路的後門；換言之，即如我剛纔所說，死神的祕密的門戶。兩位同志，自殺俱樂部就是提供這一事的。不要以為懷抱這極合理的願望的人只有我和你，不要以為這是例外的。對於他們所必須每日或全生涯加入的演技眞心地厭惡了的大多數的人類，都是僅為一二個理由所牽制，故不能逃脫。就中有幾個人有家族，他們知道了這事將消魂，甚或責備；又有幾個人心腸懦弱，遇到死便退卻。這是我自己也多少經驗過的。

我不能把手鎗對着自己的頭而捺那扳機；因為有一種比我自己更強的東西在擱阻我的舉動，我雖然厭惡人世，卻恨自己沒有氣力可以捉住死神而同他甘休。自殺俱樂部，便是為了像我這樣的人，以及一切希望免除身後的責備而脫卻浮世的圈套的人而創辦的。這俱樂部辦理如何，其歷史如何，或其在他國的支部情形如何等事，我自己也不知道；而我所知道的牠的組織，也不便告訴你們。但在這樣的限度內我可以為你們效勞：倘使你們果眞倦於人世了，今晚我可以介紹你們到一個會裏；那麼即使今晚不能，在這一星期中你們總能安然地解脫你們的生命。現在是（審察他的時錶）十一點鐘；至遲十一點半我們必須離去這地方；所以你們還有半個鐘頭可以商酌我的建議。這比乳酪果餡饅頭重大得多，』他微笑着附加一句；『且我以爲滋味也好得多。』

『當然重大得多，』琪拉爾定大佐回答；『因爲其如此重大，所以欲懇請你，可否讓我和哥德爾兄二人作五分鐘的私談？』

『那當然可以，』靑年回答，『倘你們容許，我就退席。』

『那我們感謝得很，』大佐說。

一到座上僅留兩個人的時候，王子弗洛律才爾就說，『琪拉爾定，這私談有甚麽用？我知道你已在狼狽，我卻已經極冷靜地決心了。我要一探其究竟。』

『殿下，』大佐說時臉色蒼白了，『伏願殿下顧念自己的玉體，不僅對於朋友，又對於全體國民有重大的關係。那狂人曾說「即使今晚不能；」但試想假如今晚有甚麽不可挽回的災害及於殿下的玉體，我的失望當如何，萬民的憂患與不幸又當如何？』

『我要一探其究竟，』王子用沈靜的語調反覆說一遍；『琪拉爾定大佐，請你以紳士的資格，顧念又尊重你的誓言。無論何種情形，沒有我的特別的命令，你不得把我在外國的微行洩露於他人。這是我的命令，現在我重說一遍。現在，』他又說，『我請你就付酒鈔。』

琪拉爾定大佐順從地鞠躬；但當他召請那乳酪果餡饅頭的靑年，而喚堂差回賬的時候，他的臉色十分蒼白了。王子不失其鎭靜的態度，與致勃勃地和那靑年自殺者談論巴雷·洛耶爾劇場中的滑稽劇。他極自然地避去大佐的哀訴的眼光，又用比平常更仔細的態度另選了一枝雪茄煙。三人中實在只有他一人態度鎭靜

賬回過了，王子把找出來的錢如數給了那堂差，使他吃了一驚。三人就坐了一乘四輪馬車而去。不久馬

車停在一處略暗的小路的口子上了。三人都下車。

琪拉爾定付了車錢之後，那青年回頭向王子弗洛律才爾這樣說：

『哥德爾兄，你倘要逃歸人生的束縛中，現在還來得及呢。亨麥斯密史兒，你也如何？在更進一步之前，請你們充分思量。倘使你們心中說否，——這裏便是歧路。』

『請引導，先生，』王子說。『我不是有言在先而翻悔於後的人。』

『你的冷靜於我有益，』他們的引導者回答。『我從未見過際此危機而像你這樣不慌不忙的人；且你並非我所引導到此門來的第一個人。我的朋友中，先我而行的不止一個，我知道不久我也要跟他們走。但這對你們是無關的。請在這裏略等片刻；我辦妥了你們的介紹手續立刻回來。』

青年向他的伴侶一揮手，說了這句話，就轉入那小路，跨進一個門口，不見了。

『在我們的一切愚舉中，』琪拉爾定大佐低聲說，『這是最荒唐而最危險的了。』

『我也完全承認，』王子回答。

『我們還有，』大佐接口說，『猶豫的餘地呢。我懇求殿下利用這機會而退身。這一步的結果非常黑暗，非常嚴肅，所以我覺得我應該比平常更多要求一點殿下對我私人所惠許的自由而竭力勸阻。』

『琪拉爾定大佐豈有膽怯之理？』殿下從唇間取去雪茄煙，用銳利的眼光注視對手的臉孔，這樣問他。

『我的恐怖決不是爲我個人的；』大佐傲然地回答。『這一點請殿下放心。』

『我也早已知道，』王子用冷靜而舒泰的態度回答；『但我不願使你掛念我們的地位的差異。好了，——好了，』他看見琪拉爾定將要說話，又這樣說，『你不說我也知道了。』

他靠在欄杆上，從容地吸煙，直到那青年回來。

『甚麼樣？』他問，『我們的求見的交涉辦妥了麼？』

『跟我來，』是他的回答。『會長將在私室中接見你們。我豫先關照你，你們的答話務須坦白。我是你們的保證人；但俱樂部在入會之前須行一次訊問；因爲一個會員不審愼，可使全會永遠解散。』

王子和琪拉爾定交頭接耳地密談了片刻。一個說『在這一點上請幫助我；』那個說『在那一點上請幫助我；』大膽地裝出互相知交的人們的特徵，在轉瞬間結束了他們的談話，預備跟了他們的引導者到會長的私室中去。

途中沒有甚麼障礙。外面的門開放着；私室的門半開着；在一間小而高的室中青年又離開了二人而去。

『他立刻就到這裏來，』他離去的時候點一點頭，這樣說。

人聲通過了一邊的折疊門而達到私室中；時時有香檳酒的拔栓的音響，跟着的是夾雜在談話中的笑聲。一個單扇的窗，對了太晤士河和堤防而開着；他們從燈火的位置察知他們自己在於離開卻林·克洛史車站不遠的地方。家具很少，毯布已破得襤褸；除了圓桌上一隻叫人鈴以外，別無可移動的物事，大批人員的帽子和外套掛在周圍的壁間的釘上。

『這是一種甚麼巢窟？』琪拉爾定說。

『便是我所要來探察的，』王子回答。『倘然這屋裏養着活的惡魔，那更妙了。』

恰當這時候，那折疊門開展到纔通一人的大小；同時湧進了比前更嘈雜的談話聲，和可怕的自殺俱樂部的會長。會長是一個四十歲或四十以上的男子；步態大而緩，髭鬚蓬鬆，頭顱禿頂，眼作朦朧的灰色，時時射出光輝。他的銜着一枝粗大的雪茄煙的嘴，當他敏捷而冷靜地注視這兩個新來的客人的時候，不絕地向上下左右扭動。他身穿淡色的蘇格蘭服裝，他的頸全部露出在條紋的襯衫的領口中；一手臂下挾着一冊記錄簿。

『晚上好，』他閉上了他後面的門，這樣說。『聽說你們要和我談話。』

『先生，我們意欲加入自殺俱樂部，』大佐回答。

會長旋轉他口中的雪茄煙。

『這是甚麽意思』他突然地說。

『對不起，』大佐回答，『我相信這事只有你能指教我們。』

『我』會長叫道。『自殺俱樂部莫非是萬愚節上的戲談麽我只能容納飲酒取樂的人；卻不懂這種事。』

『那麽你這俱樂部叫甚麽名稱呢』大佐說，『這門裏面有許多客人，我們定要加入於他們中。』

『先生，』會長簡略地回答『你弄錯了。這裏是個人的住宅啊，你們應當立刻離去。』

王子在這短的會談的時間默默地坐在自己的座上；直到現在，大佐對他一看，彷彿欲說『怎麽辦，陪了話辭去罷！』的時候，他從口中拿去他的雪茄煙，開始說話——

『我的來此，』他說，『由於你們的一個朋友的招待。他一定已把我的必欲加入貴會的志願對你說過了。請你顧念，像我這樣境遇的人，已極少有自制的能力，又並不能完全容忍過於粗野的事。我平常是一個馴良的人；但是先生，你可否把你所極熟悉的那事指教我，使我感謝，否則你將痛悔你的許我入你的內室。』

會長大笑起來。

『這樣纔好說話，』他說。『你是丈夫中的丈夫。你眞能知我的心，能與我做你所歡喜做的事。你可，』他向着琪拉爾定繼續說，『你可暫時退席麽我將先成就你的朋友，因爲俱樂部的規則中，有的事須祕密施行的。』

說過之後，他開開一間小房間的門，把大佐關閉在其中。

『我信用你，』座上僅留二人之後，他立刻對弗洛律才爾說；『但你能確信你的朋友麽』

『不能像對我自己一樣確信，雖然他有比我更有力的理由，』弗洛律才爾回答，『但帶他到這裏來，決沒有甚麽危險。他曾經飽受過能使最執迷於生活的人厭棄其人世的遭際。他是近來爲了賭博詐騙而被免除官職的。』

『大概這是他的理由，』會長答道；『這裏另有一人與他同一情形，故我想來他總是可靠的。請問，你也是曾在軍職的麽？』

『是的，』王子回話；『但我太怠惰，一早就罷職的。』

『你的厭棄人世，是爲了甚麽理由？』會長追究他。

『我想來想去，無非是爲了怠惰，』王子回答；『純粹的怠惰。』

會長驚駭了。『怪了，』他說，『你一定另有更重大的理由。』

『我已沒有錢了，』弗洛律才爾又說。『這的確也是一種煩惱。使我更痛切地感到自己的怠惰。』

會長旋轉口中的雪茄煙，把視線直射於這奇異的新來者的眼中，約數秒鐘；但王子用鎮靜而泰然的態度抵當他的穿鑿的眼光。

『我倘不是富有經驗的人，』後來會長說，『將驅逐你了，但我懂得世間；至少我知道，最瑣屑的事故，在自殺者往往是最強韌地固守的理由。我凡歡喜了一個人，像歡喜你一般的時候，我寧願稍變通定規而容納他的要求。』

王子和大佐次第受過了長而詳細的問訊：王子是一人受的；琪拉爾定是在王子面前受的，因此會長可在熱烈地反問一人的時候觀察另一人的臉色。其結果很滿足；會長記錄了雙方的詳細情實二三點之後，拿出誓約書來，請他們承受。這約束的服從的被動，這立誓者所自誓的誓言的嚴格，世間沒有更甚的了。宜立這樣可怕的誓言的人，其心中已全不留剩一點名擧的碎片，或宗敎上的任何種慰安了。弗洛律才爾在這文書上簽了字，但不免帶些戰慄；大佐現出十分沮喪的神氣，照例署了名。於是會長收了入會費，率然地引導這兩人到自殺俱樂部的吸煙室中去。

自殺俱樂部的吸煙室，與其所通的會長私室同樣高低，但廣得多，自頂至地，糊着模仿槲木板壁的壁紙。一個大而陽氣的火爐和無數的煤氣燈，照得滿座通明。王子和大佐加入之後，全體人數爲十八人，大多數的會員吸煙，喝香檳酒；一種熱狂的歡樂支配着全室，間以突然的又帶淒慘的停頓。

『這是會員的全體麼？』王子問。

『一半光景，』會長說。『有時，』他又說，『倘使你們有錢，普通都供給些香檳酒。這可以增加元氣，又是我自己所得的一點小費。』

『亨麥斯密史，』弗洛律才爾說，『我可把香檳酒讓給你。』

他說了就走開去，巡步於客人中間。慣在上流社會作主人公的他，牽惹了又主宰了其所接近的一切客人；他的舉止應對中有一種可親而又威嚴的性質；他的格外的冷靜，在這些半顛狂的會員中又特別顯著。他從這個人巡行至那個人的時候，他的耳目不絕地注意，不久他已大體了解在他周圍的是甚樣的人。這裏同別的萃衆的集會所一樣，也有一種定型占着勢力：這些人血氣都旺盛，他們的容貌上都表示着聰明與敏感，但缺乏氣力的希望與成功的素質。極少數的人年在三十以上，但有許多人還只十餘歲。他們靠在桌上，左右足輪流支持而立着。有時異常猛力地吸煙，有時任雪茄煙的火隱去；有幾人很會談話，但有幾人的話顯然表示着神經的昂奮，且都缺乏機智與意趣。

每逢新開一瓶香檳酒，顯然添得一股陽氣。只有兩人坐着——一個坐在牕的凹處的一隻椅子裏，垂着頭，兩隻手深深地插在他的褲袋中，臉色蒼白，分明爲汗水所潤濕，他一句話也不說，精神與身體都疲乏極了；另一個坐在爐邊的牆壁的長椅子上，因其在其餘一切人中有非常的特異點，故容易惹人注意。他的年紀大約在四十以上，但看起來足可看上十歲；弗洛律才爾覺得從來沒有看見過如此天生成可嫌的，如此爲疾病和有害的刺激所斲喪的人。他只有皮和骨，又半身不遂，戴着度數極強的眼鏡，以致他的眼睛透過了這眼鏡而變成非常擴大而歪斜的形象，除了王子和會長以外，這房間中能保住平日的鎮定的人，只有他一個。

俱樂部的會員間不守禮儀。有的人誇談他的恥辱的行爲，說這些行爲的結果逼迫他向死中找求安身之所；別的人不加非難而傾聽他。他們對於道德的判斷有一種默契；凡走進了這俱樂部的門的人，早已享受了幾分死的自由了。他們爲了各人的回憶，或過去的有名的自殺者，而互相舉杯慶祝。他們互相比較又啓發其對於死的各種意見——有的人說死不過是黑暗與停頓；又有的人充滿着希望以爲在那一晚他們可以攀登星辰，而結交偉大的古人。

『爲自殺者的模範德倫克男爵的永遠的紀念！』有一個人這樣叫。『他出了一個小的牢獄，而進了一個更小的牢獄；因此他可以再來自由的世界。』

『在我，』第二個人說，『我但願用綳帶封閉了我的眼，用棉花塞住了我的耳。可惜這世間沒有那樣厚的棉花。』

第三個人說，爲欲知道死後的狀況的不思議；第四個人說，他倘使不是相信了達爾文氏之說，決不會加入這俱樂部。

『我不能忍受了，』這特殊的自殺者說，『做猴子的子孫。』

結果王子對於這些會員的態度和談話覺得失望了。

『死之一事，』他想，『在我覺得用不着如此騷擾。一個男子倘然決心自殺了，儘管堂堂地赴死。用不着這些大言壯語。』

在這時間，琪拉爾定大佐全然爲大恐怖所惱了；俱樂部及其規則，仍是逃不可解，他環視室中，想找尋一個能爲他說明而使他安心的人。在這環顧中，他的眼光不期地射中了那個戴強度的眼鏡的中風的男子；看見他異常穩靜，他就捉住了因事務繁忙而出入不絕的會長，託他介紹於坐在靠壁的長椅子上的紳士。

會長告訴他，說在俱樂部內無需這種禮節，但他終於介紹亨麥斯密史氏於馬爾薩斯氏了。

馬爾薩斯氏珍奇地向大佐一看，在後請他坐在他的右面。

『你是新來的人，』他說，『要探問情狀麽？這裏是很好的地方呢。我來到這愉快的俱樂部，已經兩年了。』

大佐方敢抽一口氣。如果馬爾薩斯氏在這裏進出了兩年，今天一晚大概不致有甚麽危險及於王子身上了。但是琪拉爾定仍是驚恐，又疑心他是騙他。

『甚麽！』他叫道，『兩年了！我知道你一定是和我開玩笑。』

『並不，』馬爾薩斯氏溫和地回答。『我的情形是特殊的。老實說，我不是一個完全的自殺者；不過是所謂名譽會員。我在兩個月中難得來俱樂部兩次。我的病弱與會長的好意，使我得到這一些特典，因此我另繳一支高額的會費。雖然如此，我的幸運已是特別的了。』

『對不起得很，』大佐說，『我必須請你說得更明白一點。你要原諒，我對於俱樂部的規則還全然沒有懂得呢。』

『像你這樣的爲求死而來此的普通會員，』那中風者回答，『須得每晚到會，直至死還的來臨。倘使他沒有錢，亦可向會長請求膳食和住宿：我知道食宿是很精美而雅潔的，但當然不是豪奢；想起了所繳的費的微薄（假如我不妨這樣說，）決不會希望其豪奢罷。況且和會長的交際，其本身也是一種美味啊。』

『眞的？』琪拉爾定叫道，『我對他不能眞心地感佩呢。』

『唉！』馬爾薩斯說，『你不懂得他他眞是一個善戲謔的人！那種故事！那種輕傲！他非常深知人世，在我們自己之間又不妨說，他大概是基督教國的最墮落的惡黨。』

『他也是，』大佐問，『一個終身會員——像你一樣？假如我不妨這樣問。』

『是的，但他的終身會員情形與我大異，』馬爾薩斯氏回答，『我全靠神祐而活着，但後來總是非去不可的。至於他，自己不賭勝負。他只是爲會員把紙牌推抄又分配，作必要的準備。亨麥斯密史兄，他眞是一個機敏的人呢。他在倫敦幹這有利的，——我不妨再附加一句，巧妙的職業，已歷三年，沒有一次招致猜疑的譏評。我相信他必是受着靈感的。你一定記得，六個月以前在一所藥店裏偶然被毒殺的那個紳士的有名的事件？那是他所認爲最拙劣而最無味的事；然而也何等簡單！何等安全！』

『可怕得很，』大佐說。『那不幸的紳士也是——』他幾乎說出『犧牲者之一人』來，幸而悟到了，他就改口說——『俱樂部的一員麽？』

同時他又想到，馬爾薩斯自己說話並不作愛死的人的語氣；他就連忙繼續說道：

『但我仍是莫明其妙。你說推抄，分配；不知究竟是甚麽一回事？你又似乎是不願死的人，那麽究竟是甚麽原由使你到這裏來的？我眞全然不解。』

『你說你莫明其妙，倒是眞的，』馬爾薩斯氏更加精神抖擻地回答。『先生，這俱樂部是陶醉的殿堂。假如牠的羸弱的身體更能堪受這刺激，我一定還要常來。要使我不耽溺於這種可稱爲我的最後的娛樂的事，必需要從不健康和謹愼小心的養生法的長期的習慣所生的一切義務觀念。這種娛樂我都已試過了呢，』他把一隻手搭在琪拉爾定的臂上了，又說，『一切都已試過了，我可告訴你，實在沒有一種不價值鉅大而昂貴過實。世人都玩弄戀愛，但戀愛決不是強烈的熱情。恐怖纔是強烈的熱情；你倘要嘗到人生的最強的歡樂的滋味，必須玩弄這恐怖。你羡我麽？——你羡我麽，先生？』他哈哈大笑，又補說一句，『我眞是膽怯者！』

琪拉爾定對於這可嘆的人的嫌惡之情幾乎不能抑制了；但他竭力鎭定，繼續質問。

『先生，』他問，『怎的這刺激會如此巧妙地延長？死期的不確定的要點在於何處？』

『我必須告訴你每晚的犧牲者的選法，』馬爾薩斯氏回答，『不但其犧牲者，還有爲俱樂部的手段的另一會員，在這情形之下，卽死神的高僧。』

『啊喲！』大佐說，『他們是互相殺死的麽？』

『這樣，自殺的手續可以省去了。』馬爾薩斯點一點頭，回答他。

『啊喲！』大佐驚呼了，『那麽你——我——那個王……——我那朋友——我們中無論那一個，今晚都可被派選爲別人的身體與不朽的靈魂的殺死者麽？這難道是娘肚皮裏生來的人所能做的事？荒唐！荒唐！』

大佐驚駭之餘，想要立起身來，恰好碰着了王子的眼光。他正在室的那一壁用嚴蹙而憤怒的眼光向他凝視着。琪拉爾定立刻恢復他的安定。

『其實，』他就補說，『也並沒有甚麽稀奇。况且你說過這玩意兒很有趣，自然總是好的——我服從俱樂部的規則！』

馬爾薩斯氏看見了大佐的驚駭與嫌惡，覺得非常愉快。他在那裏誇耀他的不正當；所以他看見別人在人情上卻了步，而同時覺得他自己因爲完全墮落了而對於這種感情超然不動的時候，心中很是歡喜。

『現在，你的最初的驚駭已經過去，』他說，『你便可玩味我們的同志的愉快了。你便可知道這裏面混合着賭博，決鬭，及羅馬圓形劇場的感興。異敎徒們也曾盛賞這種况味；我眞心讚嘆他們的富於趣味的心；這是基督敎國爲欲達得這極致，這精髓，這無上的深刻而設置的。你將看到，一個人嘗到了這種滋味之後，便覺得一切別的娛樂都乏味了。我們所作的遊戲，』他繼續說，『是非常簡單的。一副紙牌——但你不久將看見實物了。你的腕能借我一扶麽？我不幸而患了瘋痛病。』

當馬爾薩斯氏正欲開始說明的時候，確有別的兩扇摺門推開，全部會員帶着幾分急促，通過了那門，到鄰室中去。此室中各點均與前室相同，不過家具的設備稍異。室的中央放着一隻綠色的長桌子，會長坐在桌前，十分鄭重地在推一副骨牌。馬爾薩斯氏雖然靠着拐杖和大佐的臂，走路仍是很困難，所以他們兩人和等待他們兩人的王子走進室中的時候，別的人們都已就座。結果這三人一塊兒坐在桌子的下端了。

『這是五十二張一副的，』馬爾薩斯氏輕輕地說。『留心「鏟形的一，」(ace of spade)是死的記號，還有「三葉形的一，」(ace of club) 是指定今夜的辦事員的。青年人眞幸福！』他又說，『你們有明快的眼，能夠追隨這遊戲。唉！我隔着桌子便不能區別一和二。』

說過之後，他另取一副眼鏡戴上了。

『我至少必須看守人們的顏面，』他說。

大佐趕快把他從那名譽會員所聞知的一切情形，和目前的可怕的抽籤法告訴他的朋友。王子感到可的寒戰和心臟的收縮；悄悄地吞着唾液，像着了迷的人一般地向左右迴顧。

『只要下個決心，』大佐低聲說，『我們還可以逃脫呢。』

這話重新恢復了王子的元氣。

『靜些！』他說。『我願見你在無論如何嚴肅的冒險之下都能保持大丈夫的態度。』

說過之後，他又全身恢復平靜的態度，而環顧四周，雖然他的心臟鼓動得很激烈，胸中懷着一種不快的熱。會員全體十分靜肅又緊張；臉色都蒼白，但沒有一人比馬爾薩斯氏更蒼白了。他的眼突出，他的頭在脊椎上不知不覺地點動；他的兩手交互地伸到口邊，摑住他的震顫而發灰色的唇。這名譽會員顯然是正在很可怕的條件之下享受他的會員的權分了。

『諸君，請注意！』會長說。

於是他從反對地從右手的方向開始，慢慢地在桌的四周分配紙牌，等一個人翻出了他的牌，然後再分配給第二個人。會員們差不多沒有一個人不焦灼；且有時你可看見一個遊戲者的指，在他能翻出那片重大的紙牌之前，要逡巡伸縮到好幾次。輪流漸漸近於王子，他便覺得一種興奮的，和幾乎窒息的刺激；但他秉有幾分賭博的氣質，覺得這種感情中含有某程度以內的快樂，自己幾乎吃驚。結果「三葉形的九」落在他身上；「鏟形的三」分配給大佐；「心形的女王」給馬爾薩斯氏，他得了避免不能抑制一種歡喜的啜泣了。乳酪果餡饅頭的青年鄰接在馬爾薩斯氏的次位，翻着了「三葉形的一，」他指間夾着那紙牌，恐怖得像冰一般凍卻了；他並非要殺人，原是要被殺而來此的；王子十分同情於這人的境遇，幾乎忘卻了尚臨在他自己和友人的身上的危險。

第二次的分配開始了，死的紙牌還沒有出來。遊戲者停閉着呼吸，只是喘息。王子得了別的一張「三葉形；」琪拉爾定得了一張「金鋼石；」但當馬爾薩斯氏翻出他的牌的時候，一種破裂一般的可怕的聲音從他的口中發出；他從坐位上跳將起來，又坐下去，他的瘋痛病的徵候全然不見了。他所翻出的正是「鏟形的一』這名譽會員貪玩了這一次的恐怖。

幾乎同時會話又開始。遊戲者們解除了他們心中的緊張，從座上起身，三三五五地步回吃煙室去。會長伸一伸背打一個呵欠，猶似一個人完結了一天的工作。但馬爾薩斯氏的頭埋在他的兩手中，手肘在桌子上，沈醉一般地坐在他的席上，一動也不動——猶似全被打翻了的。

王子和琪拉爾定立刻逃出那地方。在寒冷的夜風中，覺得他們所目擊的那種恐怖更加增大了。

『唉！』王子叫道，『被誓約束縛在那樣的事件上！讓這種殺人的大商賈安然無罪地繼續下去！只要我敢打破那約束！』

『這是殿下所不可做的事，』大佐回答，『殿下的名譽就是波希米亞的名譽。但我卻不妨又應該破壞這約束。』

『琪拉爾定，』王子說，『在你和我同幹的任何種冒險事件中，倘使發生了關於你的名譽的事，我不但決不饒赦你——不，這樣說可以更感動你的心——又決不饒赦我自己。』

『我服從殿下的命令，』大佐回答。『我們要走出這可嫌的地方麼？』

『好的，』王子答。『叫一輛馬車來罷，讓我在睡眠中忘卻今夜的可恥的記憶。』

但有很值得注意的事，即王子在離去其地之前，用心地記誦這小路的名稱。

次日早晨，王子一起身，琪拉爾定大佐就帶一張報紙來給他看，報紙中載着如下的一段記事：

『悲哀的事故——今晨約二時許，住居惠史蓬·格洛符，契斯托·潑雷史第十六號之罷索拉謀·馬爾薩斯氏自友人處集會歸家，從德拉法爾廣場之胸壁上墜落，頭蓋骨粉碎，又折一腿及一臂，立刻斃命。當此不幸發生之際，氏正偕一友人，探求馬車。氏素患瘋痛病，故此墜落之原因，當在於瘋痛病之發作。此不幸之紳士係上流社會中知名之人，故其死當廣受世人之深惜。』

『倘使人的靈魂會一直落入地獄，』琪拉爾定嚴肅地說，『一定是這瘋痛病的人的靈魂了。』

王子把臉孔埋在兩手中，默默不語。

『我聞知了那人的死，』大佐繼續說，『幾乎覺得歡喜。但想起了那乳酪果餡饅頭的青年，覺得可憐到心臟欲裂。』

『琪拉爾定，』王子仰起頭來，說，『那不幸的青年，在昨夜是同你我一樣的無罪的人；但今晨已犯了殺人的罪了。我想起了那會長，胸中發生惡感。我不知道這怎麼辦纔好，但我一定要操持對於這個惡黨的生殺之權。那種紙牌的遊戲，眞是好經驗，眞是好教訓！』

『只限一次，』大佐說，『決沒有第二回的。』

王子好久默默不答，使得琪拉爾定耽心起來。

『你不會再到那地方去罷，』他說。『你已經飽受了苦況，飽看了那可怕的光景了。你的高貴的地位的義務，也不許你重犯這種危險。』

『你所說的話很有理，』王子弗洛律才爾回答，『我並不認定自己的決心爲善。唉！無論最偉大的王侯貴族，脫去了衣服，都不過是一個普通的人。琪拉爾定，我從未曾像今回那樣明確地感到我自己的弱點，然而我對於這弱點卻無可如何。我豈能忘懷於數小時以前和我們一同晚餐的不幸的青年的運命？我豈能放任那會長繼續他的罪大惡極的行爲而不顧？我豈能開始了這樣神妙的一種冒險而不窮極其究竟呢？琪拉爾定，你是要求我做普通人所不能做的事。今天晚上，我們定要再在自殺俱樂部的座上出席一次。』

琪拉爾定大佐跪了下來。

『殿下肯惜取我的生命否？』他叫道。『這生命是殿下所有的——是殿下所可自由支配的；但是請勿，唉，請勿命令我去冒那樣可怕的危險！』

『琪拉爾定大佐，』王子顯出幾分高傲的態度，回答道，『你的生命絕對是你自己所有的。我只向你要求服從；但服從而非出心願的時候，我也不再要求了。我再添說一句話；你的關於這事的懇願已經充分了。』

那馬寮長卽刻立起身來。

『殿下』他說『可允許我今天下午乞假一次否？我自念是尊重名譽的人，非全部安排了我的責任所在的事務，不敢再行冒險赴那致命的地方，我誓保殿下可不再受他的最忠實又最感恩的僕人的反對。』

『親愛的琪拉爾定，』王子弗洛律才爾回答，『每逢你使我想起我的身分的時候，我常常覺得遺憾。今天白晝儘管讓你自己使用，但在晚間十一點鐘以前必須作同樣的變裝而到這裏來。』

第二日晚上，俱樂部出席的人不多；琪拉爾定和王子到會的時候，吸煙室中僅到了五六人。殿下呼會長到身邊，向他熱烈地祝賀馬爾薩斯氏的死。

『我歡喜』他說『會見有技倆的人，你確是長於這方面的。你的職業很要熟練，但我看你辦得十分成功而祕密。』

會長聽了像殿下這般氣品高傲的人的稱讚，心中有些感動。他差不多用了謙遜的態度而答謝。

『可憐的馬爾西！』他又說，『沒有了他，我幾乎不能承認這俱樂部了。先生，我的顧客大部分是孩子，詩趣的孩子，他們都不足爲我的對手。馬爾西雖然也有詩趣；但是屬於我所能理解的種類的。』

『我能明確地想像，你和馬爾薩斯氏是意氣投合的。』王子回答『我覺得他是一個性質極新奇的人。』

乳酪果餡饅頭的青年在室中，但十分抑鬱而沈默。他的新交的兩個伴侶想誘他談話，不得成功。

『我痛悔了，』他叫道，『引導你們到這萬惡的地方來！回去罷，趁你們未曾沾汚的時候。倘使你們聽見過那老人墜落時的叫聲，和他的骨頭擂碎在舖石上的聲音！唉，倘使你們同情於如此墮落的我——但願今夜「鏟形的一」落入我手中！』

夜漸漸深起來，又絡續來了二三會員，但到了他們坐在桌前的時候，全體會員不過十三人，王子又在恐怖之中感到一種歡喜；但他看見琪拉爾定的神色比前晚自然得多，覺得非常驚奇。

『眞是意想不到，』王子心中想，『一種決心，無論其打定不打定，對於一個靑年人的心能有這樣偉大的影響。』

『諸君，請注意！』會長說過，就開始分配紙牌。

紙牌環遶桌子分配了三回，但沒有一張有記號的牌從他手中落下來。當他第四次分配的時候，會員的興奮異常強烈了。餘多的紙牌恰好分配一周，坐在分配者的左方第二位的王子，照他們的逆行的分配法，應得最後第二張紙牌。第三個遊戲者翻出一張黑色的一——正是『「三葉形的一。」』其次受得一張「金鋼石，」其次一張「心形，」……但「鏟形的一」仍未出現。最後，坐在王子左邊的琪拉爾定翻轉他的牌來；這是一張「一，」但是「心形的一。」

王子弗洛律才爾在他面前的桌子上守視他自己的運命的時候，他的心臟停止不動。他是一個勇敢的人，但他的臉上流下汗來。他的中籤已有百分之五十確實了。他翻轉那紙牌來；這是「鏟形的一。」一種大聲的騷音在他的頭腦中鳴響，桌子在他的眼前浮動了。他聽見他右旁的遊戲者突然發出一陣笑聲，其音調中交混着歡悅和失望。他看見一座立刻散去，但他的心中充滿着別種的念頭。他悟到了這一來何等愚昧，何等罪重。他有十全的健康青春的年齡，承繼王位的身分，然而他已因賭博而輸去了他自己的將來，和勇敢忠節的國民的將來了。『天乎，』他叫出，『天乎，饒恕我！』叫過之後，他心中的紛亂就過去，忽然又歸於他的鎭靜。

他所驚異的，是不見了琪拉爾定。賭牌室中除了正在和會長商談的他的命定的屠手和乳酪果餡饅頭的靑年以外，更無別人，那靑年悄悄地走近王子，在他耳邊輕輕地說道：

『我願出百萬元買你的幸運，假使我有這錢。』

當那靑年走開去的時候，殿下心中不禁想起，他情願把這機會極廉價賣給了他。

會長和那人的密談已經完畢。「三葉形的一」的所有者帶了萬事領會的樣子而走出室去，會長走近這不幸的王子身邊，把手伸給他。

『先生，我幸得拜識先生，』他說，『又幸得爲先生効此微勞。至少，可以不嵩延滯之責。在第二夜——何等好運！』

王子努力想回答幾句話，終於發不出音，他的口已枯渴，舌已痲痹了。

『你稍感不適麼？』會長帶了幾分掛念的樣子問他。『人們大都是如此的。你要喝些白蘭地麼？』

王子允諾了。會長就注了一大杯酒來。

『老馬爾薩斯眞可憐！』當王子乾了這杯酒的時候，會長這樣說。『他幾乎喝了四品脫的酒，然而這對他還不見得甚麼有效！』

『在我容易見效得多，』王子大振其精神，而說道。『請看，我立刻歸復我的本性了。我要請教，如今我須得怎麼辦？』

『你可沿了史德倫特街向雪蹄方面前進，走左方的舖石，直到你會見剛纔走出室去的那一位。他自會指點你方向，但請你服從他的話；因爲俱樂部的權能今夜是付給他一人的。現在，』會長繼續說，『我祝你此去快樂。』

弗洛律才爾對於這禮貌極不自然地表示了答謝，然後向他告別。他通過那吸煙室，室中還有許多的遊戲者在那裏飲香檳酒，就中有幾瓶酒正是他所採辦，他所付錢的；他驚覺自己心中在詛咒他們了。他在會長私室中戴上了帽子，穿了外衣，從牆角裏認取他的陽傘。對於這種舉動的習慣，和今夜是最後一次的想念，不期地使他笑出，這笑聲在他自己耳中聽來很不愉快。他覺得很不願意走出這私室，就不走出去，而走向了窗邊。燈的光和黑暗使他恢復了他自己。

『啊，我必須做大丈夫，』他想，『必須走出室去。』

在卜克斯可德的轉角上，有三個人來襲取王子，無理地把他壓進馬車中，立刻開了去。車中已有一人佔坐着。

『殿下能饒恕我過於熱心的失禮麼?』一個稔熟的口音說道。

王子在遇救的歡喜的熱情中抱住了大佐的頸。

『我怎樣報謝你呢?』他叫道。『這計劃又怎麼來的?』

他雖然曾想依了自己的運命而進行但容納了友情的強迫,重行回復了生命和希望,也非常歡喜。

『倘得將來避遠一切此種危險,』大佐回答,『儘夠報謝我了。至於你所說的第二質問,處理的方法是極簡單的。我今日下午和一有名的偵探安排這計劃,守着祕密,又奏了效果。主辦這事的,是殿下自己的僕人。卜克斯可德的那屋子,從日暮時即被包圍,這車是殿下自己的馬車之一,已經在那裏等候了約一小時了。』

『那麼要殺我的那個,不幸的男子——他甚樣了?』王子問。

『他在走出俱樂部的時候已被捕縛了。』大佐回答,『現在正在邸宅中等候殿下的宣告,他的共犯者不久也將和他集合在一塊。』

『琪拉爾定,』王子說,『你背叛了我的明言的命令而救了我,且事體辦得很好。我不但蒙你救了生命,又從你受得了教訓;倘不對我的教師表示謝意,我便是失了自己的地位。報謝的方法,一任你自己選擇。』

談話一時中止,其間馬車繼續駛行過幾條街道,車內的二人各自耽入於自己的回想中。這沈默被琪拉爾定大佐打破了。

『殿下,』他說,『這時候邸宅中已捕縛着許多犯人了。就中至少必有一人須得判罪。我們的誓言不許一切法律的訴訟;卽便那誓言可以不守,我們的身分也是不許我們公訴的。不知殿下尊意以爲如何?』

『我已決定了,』弗洛律才爾王子回答,『那會長須死於決鬬。唯選擇其敵手是個問題。』

『殿下曾經允許我自定我的褒獎,』大佐說,『可否就把這差使命我的弟擔任了?這是一件有名譽的差使,但我可擔保我的弟必能圓滿他的任務。』

『你所要求的不是恩惠的差使呢,』王子說,『但我決不拒絕你。』

大佐極爲感動地吻王子的手；這時候馬車已轉入王子的壯麗的住宅的環門中一小時之後，弗洛律才爾穿了他的公服，掛了所有的波希米亞的勳章，出來接見自殺俱樂部的會員。『愚癡而又罪惡的人們，』他說，『凡爾等爲窮運所驅而陷入這惡境中的人們，皆得從我部下領受職業與俸金。就中苦於罪惡之念的人，必須求助於比我更崇高而更寬大的神明。我對於你們的憐憫的深切，爲你們所不能想像；明天你們必須把各人的一身的故事告訴我；你們的回答愈明白，我愈能安慰你們的不幸。至於你，』他轉向了會長又說，『如果我欲資助，我只能觸怒像你這樣一個有技倆的人；但我可以另外提供你一種有趣的事。這裏，』他把手放在琪拉爾定大佐的青年的弟的肩上，『我有一員部下的士官，他欲赴大陸旅行；我欲請你在這旅行的途中隨伴他。你頗能，』他改變了他的調子，繼續說，『你頗能打手鎗麼？因爲你也許是需要這種技倆的。兩人同赴旅行，最好萬事都有準備。讓我再補說一句，萬一你在途中失去了這青年的琪拉爾定君，無論何時當由我另派別的部下；會長，我是以眼光與手腕並長有名的人。』

王子用非常嚴肅的態度，說了這幾句話，就結束他的言辭。次日朝晨，俱樂部的會員皆由王子的厚恩，一一賜與相當的職分；會長則在琪拉爾定君及兩個曾在殿下身邊訓練過的忠實而敏捷的從者的監督之下，出發他的旅行。王子還不放心，又派遣有思慮的代理人去佔住了卜克斯可德的房屋，凡有對於自殺俱樂部或其職員等的函件及訪問者，皆由王子親自檢察。

（作者附言）乳酪果餡饅頭的青年的故事已經告終。這青年現正在仉文地西通衢的微格莫街度送安樂的家庭生活。其門牌號數，爲了明顯的理由，我現在不說。倘欲探求弗洛律才爾王子和自殺俱樂部的會長的冒險談的人，可讀以下的醫師與薩拉都格的鞄的故事。

一九二九年八月二十七日譯畢（留）

——小說月報

一個窮的紳士

吉辛原著　朱湘譯

吉辛小傳

吉辛(George Gissing)生於一八七五年，死於一九〇三年，是英國一個偉大的散文作家。他的小說，也寫得很好。他早年境況很窮，作品都是爲經濟生活逼出來的，描寫的都是下層階級，又帶着陰暗的色彩。晚年境遇較好，文字也便光明了。

是客室裏面，用過了席的時候。迦門夫人，大而和藹的女東道，在她的小朋友勞林夫人身邊一張椅子中歇下，嘆出一句問話來。

『你覺得丁泊雷君怎樣？』

『很好。只是有一點特別的罷了。』

『啊，他「是」特別，與人不同的。我們同下來以前，我本想與你談談，不過沒得時間。我們這樣的一個老朋友。我的親愛的丈夫與他是在哈羅同過學的。最可愛，最愛人的一個人！生在這世上，太好了，我怕。無論遇到什麼事，他都是那樣固執正經的。我再也不會忘記他在我那可愛的丈夫死時的悲傷。——我正向勞林夫人談丁泊雷君哪，亞達。』

她這話是向她的已經出了嫁的女兒說的。女兒是一個安閒而年青的人，一張和善的臉與她母親一般，不過表情較爲聰明，顯出較高的有思想的恬靜。

『我見他那樣神色不佳，很替他難受，』魏爾夫人敍述的回答。

『他再也不曾有過血色，你知道的，並且他的生活……不過我該告訴你，』她又轉向勞林夫人，『他是一個獨身者，境遇舒適，並且——你肯信嗎？——他一人住在倫敦一處苦的地方。是那裏，亞達？』

『翁斯臨屯的一條倒霉的街上。』

『是。他住在那裏，我怕還是令人作嘔的房屋呢——那裏一定是「很」不衞生的——他只是爲了要知道窮人的生活，並且幫他們的忙。這不是很英雄的事嗎？他好像將他的一生都犧牲在這件事情上面了。沒有人在別處碰到過他的，我看人家只見他來過我們的家裏。一個高尙的生活！他再沒將牠提起過的。我想你在席上聽他的言談時，一定再也想不到是這樣罷？』

『再不，』勞林夫人回答，她聽了剛才的一些話，驚詑起來了。『他並不很歡喜說話——據他說的話看來，他對於凸花細工與外國政情最感興趣。』

魏爾夫人笑起來了。『正是如此！我還是一個小女兒的時候，他常常用了他的凸花工的鋸子給我作各種各樣漂亮的東西。到我年紀大了的時候，他教我「勢力平衡說」的道理。說不定，媽媽，他在報紙上作專論哪。我們可再也不會知道的。』

『親愛的，無論什麼事在丁泊雷君都是可能的。並且他在他的鄉間生活之後，他一變變到這樣。他在白克州有一所美麗的小屋子，離我們很近。我眞正免不了他的離牠是爲了我丈夫的死的念頭。他同迦門君是那麼親密！我的丈夫死了，我們離了白克州的時候，我們簡直不見了他——啊，有過一兩年。一天我在倫敦碰巧撞到了他。亞達以爲他是處於愛情的困難中呢。』

『親愛的媽媽，』女兒插口說，『是你，不是我，說這話的。』

『是嗎？得了，說不定是。一個人總免不了他是打過什麼難關的念頭。他將一生都給了那些可憐的人，自然說不定只是動於一念的憐憫了。一個可驚奇的人！』

男賓的聲音在客室門旁響的時候，勞林夫人好奇的張望這一位怪僻的紳士。他是最後進來的。一個較中等身材爲高的人，不過肩膀上很現傴僂，瘠瘦，不漂亮，步武遲疑而舉止羞澀，眼睛淡灰色，表情上很柔弱的，怯懦的低着頭向左右張望，眉毛不安的皺起，一線自滅的微笑搖晃於他的嘴唇之上。他的頭髮已經開始稀疏而轉灰了，不過他的髭鬚很濃，倒像是一個在較嚴酷的面貌上的。他走進——或者說側入——室中的時候，他的兩手儘着開閉，可以引人發笑。一種並不能確稱爲襤褸而毫無光澤，欠完善的衣服使他與別的男賓不同，看的親近些，可以見到他的黑服已經是幾年前的樣式了。他的裏衣無可指摘之處，不過他沒有帶着任何寶飾，只有一顆小黑珠顯現於胸前，袖上也繫着同樣簡單的飾品。

他坐在一個角落裏。他簡直要外面彷彿舒服似的獨自儘坐在那裏了，但是魏爾夫人立刻到他的身旁一個座位上坐下。

『我盼望你不在鎮上過這整個八月，丁泊雷君？』

『不！——啊不！——啊不，我看不！』

『不過你像未決似的。我看你一定需要一種變遷，請你恕我的唐突。實話，你知道的，你頗「不」是樣了。你能讓我邀你去呂綏恩我們那裏嗎？我的丈夫一定很樂意——很高興與你談歐洲的大局的。來與我們住兩星期——務必來！』

『我親愛的魏爾夫人，你簡直是一個透頂的好人！我深烈的感激。你的最友誼的關心我眞是一言難盡。眞的，我簡直可以說是我已經實地的……不錯，簡直到了那程度。』

他的聲音單弱而尖銳，發音利落有如教會中人。他僵窘的作委婉之辭從這段落到那段的時候，臉上微笑以示感激的幾乎流涕了。他的長而露骨的一雙手扭的指節都白了。

『好，只要你「是」離開這鎭。我眞怕你太多心呢。你的身體不舒服別人並不會得利，你是知道的。』

『自然不了！——哈，哈！——這我是明白的。健康是第一件應當注意的事情。妨害一個人的有用於社會，是沒有比一個受損的……啊，自然了，自然了！』

『你的同情心過於緊張了。這也與一人的健康有礙，不僅不衞生的空氣而已。』

『不過益斯臨屯並非不衞生的，我親愛的魏爾夫人！望你相信，那處的空氣時常有補身的質地呢。那個地方位置很高你該記得的。只要我們能將私家與工廠的煙囱噴出的含毒的氣減去一點的時候！——啊，請你相信，益斯臨屯本來是宜於衞生的。』

在宴會未散之前，有一點音樂，丁泊雷君彷彿很歡喜牠。他的頭後仰，向上面默望。音樂歇下之後，還這樣望了一刻，但終於歎息一聲的恢復常態了。

他離開的時候，將一件當季過於厚的大氅披上，將漆皮的鞋子納於袋中。他的帽子是硬氈做的，頂上很高。他拿起一把摺疊不齊的雨傘，快步的前進，彷彿向鄰近的車站走去似的。不過火車並非他的目的，公共汽車也不是的。在佳妙的夜中他一直向前走着步伐平穩，一見而知為慣於走路的人：他從諾亭喜門走到馬白亞區，從馬白亞區走到了新牛津街，又從這裏取西阿百路走到判屯衞，一直上，一直上，直走到了他的宜於衞生的居處的上頭。午夜過了許久，他才走進了一條灰徑，灰白的月光雖然顯出牠是不卑陋的，但也沒有什麼可以令人留連的地方。他開了鎖，走入了一所小房子，房中間作膠質的氣味。他在口袋裏找到一枝燭頭，燃起，照着上了兩層樓梯，走入一間靠後的臥室，這是一間八尺長七尺半寬的屋子。幾分鐘後他就睡着了。

八點鐘醒了轉來——他是聽鄰近敲的鐘知道的——丁泊雷以不安的忽促穿起衣服來。他開了門，一個托盤放在外面了，盤中是一頓簡單的早餐：半磅的牛乳，麵包，牛油。九點鐘的時候，他下了樓梯，在前客室門上有禮的敲了兩下，室中一個生硬的聲音說，『請進。』那裏面是一個年事稍長的男子與一女孩子，他們正在做簡單的裝釘書籍的工作。

『早上好，先生，』丁泊雷君說着，彎下頭來。『早上好，索格斯女士，天氣明朗！太陽溫煦！這眞令人覺着多麽高興！』

他站着一直擦他的手，彷彿在一個嚴霜的早上似的。釘書人，乾燥的點一下頭當作見面禮後，即刻派出一件事來給丁泊雷君作，這件事那位紳士很熱烈的作下去。他正學着這門技術的初步手續，他在全天中的工作時間內忍耐的工作，並且表現出幾分合格來。

這就是丁泊雷君，白克州地方的一個紳士，從前安逸而稍有身分的倚賴着穩固的投資的利息而度日的，到了如今的結果。先進哈羅，後來在康橋畢業，他想着，儘是想着應當選個什麼職業，一直到了選業嫌太遲了的時候。職業既非他的迫身問題，他於是安身入一個無害於人的閑散的生活，靠着他的富裕而有聲勢的朋友迦門君的鄉莊居住。年歲不覺的流去。他的思想有一兩次轉到了婚姻問題上去，但有一種深度的不自信，使他在入門第一步上就止了步。後來，他知道他是命中該獨身的，也就安定下去了。要是他對於別的誘惑也能看的這般透澈，那就好了！他不幸聽信了迦門君，一個常談買賣，公司，與高利的人。他並不是爲的他自己：他的資產是很够而有餘裕的了，他是想着他的嫁給了一個背時的省律師的妹妹，同她的六個孩子。他要是能在他們入社會的時候像說部中的富舅般幫助他們，那眞是一件愉快的事情啊。他盲目的信任迦門君，結果是一天早上，他發覺了他已瀕於破產。證實的消息一觸，他就跌入陷坑中了。

這只有迦門君自己才曉得，他在幾天之後，因此急的一病幾死。迦門君自己的產業只受了少許的影響，不像他朋友那樣完全傾覆，這件事丁泊雷君沒有向迦門君的孀婦露過一字，別的人前他也沒有提過，除了他的律師，替他安靜的將事情料理妥貼的律師，以及他的妹子，孩子們不能再得舅父的幫助的妹子。他的友誼的鄰家在迦門君死去後便遷開了，接着他也安靜的不見了。

這位窮紳士當時已經四十歲了。他還餘下一筆款子，不敢用的：要是將牠投資，所得的收入連一個工人的生活都支持不了。唯一可能的住處——唯一安全的藏身處——是倫敦，丁泊雷君也就往倫敦。他的以最低限度的入款與饑餓相決鬪的本事，並非立刻學會的。他在入手的磨鍊之中，有一次爲饑餓與侮辱所迫，他只得降下一點身分，寫信給一個熟人，懇他的指教與間接的幫助。不過只有處丁泊雷君地位的人才知道無論多麼好的教言都是空虛，無論多麼大的與援都是無力的。他要是求金錢上的幫助，他一定會接到一張支票與一些表同情的話，不過丁泊雷君再也不會到那種田地。

他試以從前的娛樂，凸花工，求利，也有一部份的成功：就是半年中賺到半磅的錢。不過在他渺小的收入上加上個一年一鎊的指望，並不能將他與奮起來。

他在此時間內自然是絕對的孤居了。窮乏是偉大的隱者——除非一個人生下來就是那樣。那種時候，一個敏感的人覺得不與他向來的平輩的人再處於一水平線上了，於是縮入孤寂，並且有點驚詫的覺得，人家是很願意忘記他的。倫敦地方遁世者是很多的——或出自動，或是被迫。漫游於街道上或公園中，或者消遣於不須繳費的博物館裏的時候，丁泊雷君常常發現與他同遁的兄弟們。他明白與他眼睛相遇的偷竊的瞥視，他看出瘦削的面貌，他瞭然而同情的發覺敝舊的紳士衣服。這些隱避的人們之間沒有交換過眞情的話。他們倒想開口，可是身分將他們的喉嚨梗住了。他們各人走他自己的沈默而無親的路，一直到了僥倖而入了醫院或者貧民院的時候，舌頭才鬆了，辛苦的心中才溢出了牠對於世間的責備來。

在這種地位的人，才能獲得奇異的見識。他學會許多可驚的節省方法，他在一人只需很少的錢即可支持生活的最後的發現之中覺着一種自傲。往常的時候，丁泊雷君說是『一人』少了某數的收入是不能過活的，如今他發覺『一人』只要幾個銅幣一天就够了。他明白了要買的東西的價錢，知道了食物的相對價值了。一個時勢造成的蔬食者，他發覺了蔬菜是於他的健康有益的，他因之對他自己作過了多次的輕蔑那些肉食人的習慣的演講。他又是一個時勢造成的戒酒者，他眞渴望一天能在禁酒會的講壇上傾吐他的證見。這些是他的滿足，驚異的將許多自重的損失都償補了。

不過湊巧在一天裏他正從英國銀行中提他可憐的渺小的季息的時候，一位夫人看見了他，並且是認識他的。就是迦門夫人。

『呀，丁泊雷君，這一晌你怎樣了？我爲什麽沒有接到你一點消息？難道眞像有人告訴我的，你「是」去了外國？』

他忙亂的因而機械的返應迦門夫人最後兩個字：『外國。』

『不過爲什麼你不給我們信呢？』迦門夫人忙說下去，使他無暇多說。『多麼不客氣！你爲什麼一聲不提的就去了呢？我的女兒說我們一定是無意中在什麼事上得罪了你。務必請你說出！想必總不會有什麼——』

『我親愛的迦門夫人，都是我的錯處。我……很難說出的，有一大堆的細目哪。我求你將我的不可辯的行爲看作——看作完全出於我的僻性。』

『啊，你一定要來看我。你知道亞達已經出了嫁嗎？是的，差不多一年了。她再可以見你，她要怎樣的歡喜呵。她想起你的時候眞多的很哪。你什麼時候能夠來我們家裏用飯？明天？』

『歡喜的——十分歡喜的。』

『那眞暢快的很！』

她告訴她的住址，兩人分手了。

丁泊雷君這時候還當心的留着一身禮服，與相稱的漆皮的鞋子，可見得他再進他往日的社會的希望還沒有完全消滅。有許多次，他大受動搖，想將這些外表看來是無用的東西賣去。不止一次，他在喫緊的季終的時候，將衣服質當過幾先令。但是將一個紳士的最高象徵捨去了，那只有失望到極點的人才作的到——勇敢出於被動的丁泊雷君還不是那種人。他的寶飾，就是錶與錶鏈，都早已丟了。這些虛飾並非一個紳士的裝束所必不可少的東西。如今他是慶幸自己小心的好處了，因爲他這次與迦門夫人的相會，雖然使他儑窘，但同時也使他暢快。他腦裏迴縈着有與體面的人周旋一晚的指望時，心花都怒放了。他趕緊回了家。他以不安的細心察看他的禮服，並沒有找出了什麼大錯處來。一件襯衫，一圈硬領，一條領帶，是得買的。僥倖他倒有這筆款子。不過他要怎樣解釋自己呢？他能認出他的住處，他的驚人的窮困嗎？他這樣認出時，直與向他的舊友懇求同情無異，想到這裏他不覺恐怖的退縮了。一個紳士在可以避免的時候，是不可以宣白能夠引起痛苦的往事的。那麼他應該直接或者間接說一個謊嗎？說眞話就是對於迦門君有責言——這是他所不願的。

他躊躇着這件事，直到第二天晚上他到了迦門夫人家中的時候，心裏還是沒有決定。客室中有三個人候着他，女東道與伊的女兒女壻，魏爾君及魏爾夫人。他們接待他的慇懃，使他幾乎落下淚來。爲多種的情感所亂，他失了他的自制力了。他信口開河的話無異是一篇奇異的說部，他說完的時候自己幾不敢信是自己說的。

這說部是從他們自然的問他住在那裏時他回答起頭的。

『如今，』——他獃子般微笑——我住在益斯臨屯上頭一條街上一間房子，兼作臥室書房之用』

聽到這話，那三個的嘴䆁起來了。驚奇的眼睛向他看來。要不是這些眼睛，誰曉得丁泊雷君當時要吐露出些什麼話來呢？不過事實……

『我從前向你說過，迦門夫人，我是得自認一種僻性的。我希望牠不會使你生悖就好了。簡單一句話，我將我的一點微力捨在社會事業之上了。我與窮苦的人同住，與他們混爲一體，庶幾可以得到無他法可以得到的智識。』

『啊，多麼高尚呀！』女東道喊了出來。

這位窮紳士的良心上大受一下打擊。他不能再說什麼話了。使他不至於再受窘，他的友人們將話題改了。這時候以及後來，對於他所說的話眞實與否的懷疑再沒有入過他們的腦中。迦門夫人前次看見了他去英國銀行，一個不表示窮困的地方。並且他是一直受人推爲一個有特別的見解與行徑的人。因此丁泊雷君陷入了一句異常的謊話，別人不易於發現，只有說謊人自身內心的不安。

從這時起，差不多一年的功夫過去了。丁泊雷君與他的友人約略會了五六回的面，他周旋於他們之間的時候愉快的很，不過在有少許提到他的生活狀態的時候，就不安起來了。逐漸的大家都知道了他是一個常作無名的善人的主張的人，因之他也很少用得着再說什麼直接的新謊了。他自然是很後悔他的原來的謊語了，因爲迦門夫人，一個富婦，是說不定可以助他找到一定不損身分的謀生之路的。不過事實已成，他因之就想從事於倘合脾胃的書籍裝釘的營業了。他在一個釘書人的房子裏已經住了幾個月了。一天，他提起了勇氣，與他的房東訂好了一個契約，言明房東教他他在學會之後替房東作一限定時期內的義務工作他如今是要到那時期了。全盤算來，他現在比從前的無事而胡思亂想的時期是幸福多了。他盼望着他口袋裏有點錢，不至再怕每季的末兩個星期常常沒有晚飯喫的日子的來臨。

魏爾夫人邀他去呂絞恩的約會不知引起了他許多次的痛心呢。呂絞恩！自然是在他的往日，他才將暢快的假日看作當然之事了。他想起了他所知道的許多可愛的地方，與許多如夢的風景。倫敦的街道使牠們變成了說不出的遼遠，完全的不實。他這三年鬱結與艱難的生活眞比以前的平靜與安足的生活長的多呢。呂絞恩！一個脾性較他活潑的人想到這裏一定要瘋了，但是丁泊雷君一天到晚的想着他情緒只是偶爾在一聲微嘆，或者一個充滿了悲哀的渴望的微笑之中流露出來。

昨天用的飯是那麼好，他覺着今天的餐費較往常減少是他的天職了。晚上八點鐘的時候，舉行過了他所極爲稱贊的助人默想的露天散步之後，他走進了他平常作慣了小生意的店中。櫃台後一個胖婦人向他熟識的點頭，同時向別的一主顧露齒的一笑。丁泊雷君鞠躬下去，他慣是這樣多禮的。

『費心拿給我，』他說：『一個新下的蛋，同一棵小而脆的萵苣。』

『今晚只要一個呢？』婦人說。

『謝謝，只要一個，』他回答，如在一間客廳裏說話。『寬恕我，許我表示出我的希望，蛋，嚴格的說來是要新下的。上次的一個，我猜，是大意的入了那個筐子裏——這在生意忙時是很可原諒的。』

『牠們總是那樣，』肥胖的店主說。『我們是不會作那種錯事的。』

『呀！請寬恕我。說不定我是想像——』

雞蛋與萵苣都小心的放進了他帶來的手袋中，他回家去了。一點鐘後，他的晚飯喫完了，他坐在一張直背的椅子上，在黃昏中幻想的時候，門上敲了一響，一封信遞入了他的手中。丁泊雷君這時候是很少接信的，他拿起這封信來看時，手都抖起來了。信拆開後，最先入他眼簾的是一張支票。這個更將他興奮起來。他在心神震動中將信紙展了開來。這是魏爾夫人寄來的，她這樣說：

『我親愛的丁泊雷君——在昨天晚上我們的談話後，我不自覺的時時想到你與你的美的犧牲的生活。我將這些窮人的命運與我自己的一比，心中眞覺着享樂過甚太幸福了。這些念頭的結果，是我心中覺着不得不對於你的善事有一點小輔助——猶如在出發享受一個幸福的暇日的時候的一種感恩禮節。請將這一點錢分派給兩三個你的最值得施與的苦人，或者，你以爲適當時，就將牠給一個人罷。我極其盼望我們能在呂綏恩會到你——順頌近來安好。』

支票是五鎊的。丁泊雷君將牠舉到窗上，默望着。就他現在的價值標準看來，五鎊算是一筆大款子了。只要想一想，有了牠時能作什麼罷！他的靴子——已經綻補了兩回——再著時是要有礙體面的了。他的褲子已經入了可以入眼的最後期。他戴的帽子（他看護的多麼經心！）還是他三年前來倫敦時戴的那頂。他誠然自頂至踵需要更新，因益斯臨屯地方五鎊是開銷這一切用款還要有餘的呢。什麼時候，請問他還能夠再有這樣一筆錢來供他自由的消耗呢？

他深深的嘆氣，默望入四周的黑暗中。

支票上橫畫過了。這是有生以來的第一次，丁泊雷君看出了橫劃過的支票是能大困其收受者的。他怎樣能將牠兌換出現錢來呢？他知道他的房東是一個多疑的守財虜，要是受了他的拒絕，同時又要受一眼只有索格斯君才會的注視那簡直無異於一場痛心的失體面的事。又有一層，索格斯君的自身對於支票能否用的出去一層，還是一個疑問。他還有那個可以找呢？簡直一個倫敦人都沒有。得了，第一件該作的事是回魏爾夫人的信呀。他燃着了燈，在頹舊的小杉木桌邊坐下。不過他的筆插入了墨水中幾次了，還沒有想起應該怎樣措辭：

『親愛的魏爾夫人，』——

接着停歇久久，如他已入睡了。抖了一下，他又向桌子彎下身去。

『接到你最慈善慷慨的惠貺，心中是眞感激。款子……』他的手又停了幾分鐘。

『將如你的意思用出，然後再詳告你所發生的恩澤。』

他從前再沒有作過這麼難的文章，他覺出他說的太不成樣了。他的腦子裏簡直是豎起了一堵牆。他寫完這封信，不知費了他多大的氣力。大功告成的時候，他出門在一個煙店買了郵票，將信投入郵筒。

這天晚上丁泊雷君的睡神可不很安穩了。他在牀上躺下的時候，他心裏納罕在什麼地方能夠找到可以受這恩惠的窮人。魏爾夫人心目中的那種人他自然是一個也不認識的了。就一方面講來，鄰近四處的人家誠然都是窮的，不過——他自己動問——他們眼中的貧窮，與他自己眼中的，有同樣的意義嗎？這條污穢的街道上，難道有一個男子，或者婦人同他比較起來，能有稱爲貧乏的權利嗎？一個受了敎育的人，爲勢所迫，與低級人雜處之時，得到了些關於他們的最有趣的結論。一個久踞於丁泊雷腦中的結論，就是這些階級的『受苦，』大爲用了一個不適宜的標準的局外人所誇大。他在他的四周只看見粗劣的娛樂安足的勞苦，以及似獸的淡漠。他簡直覺着這一帶地方覺到窮乏而受到牠的苦的人，十成中有九成，只是他自己。

在噩夢般的假寐中，他周身一震，是一個明灼的念頭，一個迴想，穿過他腦中了。他自安逸與體面墮入貧困，他受了這麼久的苦，是爲了誰呢？爲了魏爾夫人的父親。那麼，從這觀點看來，這張五鎊的支票不可以算作賠償嗎？不可以嚴格的供自己的耗用嗎？

在半意識狀態中忽然從罅隙射出了一個奇異的念頭。要是魏爾夫人是『一個有見識的女子，』對於他的眞情生了疑心，或是已經發覺了呢？要是她私下的意思，這錢是給『他』自己用的呢？

最早的陽光使此念頭現爲不實，不過他方面牠也將他的迦門君是確實地曾經負他的念頭鞏固了。他從牀上跳起，伸出手去拿過支票來，握於手中的，在牀上躺了一點鐘。一點鐘過後，他機械的起了牀，穿起衣來。

日間的工作完了後，他徘徊於一條大店羅列的街道上。一個靴店引起他的注意。他在櫥窗前站立了許久，儘將口袋裏一塊金鎊打轉身——這是他股息領出的日子以前支持他的生活的現款中很大的部份。他終於跨進了門檻。

再沒有買一雙靴子的人比他再不小心的了。他的交易是在一個夢裏作成的。他說話，但不知道自己說了些什麽。他默望貨物，但不知道牠們是什麽樣子。結果是他腋下挾着他的適舒的舊鞋回了家的時候，才發覺他的新鞋十分的夾腳。牠們又唧喳的響；天哪！牠怎樣的唧喳的響！不過新鞋都確然有這些毛病的。他是好久沒有買過新鞋的了。事實是他覺着疲倦到極點，一點精神也沒有了。喫了一口晚飯之後，他上牀睡了。

整夜之內他與他的新鞋宣戰。兩腳疼痛着，他在一個鬼城中的街道上跛着腳走，轉一個彎時，就碰到一個狙伏的人，並且每次這個他的人除了魏爾夫人外便非別個。她輕蔑的注視着他，讓他蹣跚的歪過去。靴子的唧喳聲響變成了人聲了，牠不斷的向他叫一個可怖的名字。他退縮，顫抖，而發哼。不過他還是前進，因爲他的手裏拿着一張橫畫過的支票，別人叫他將牠兌了現，但沒有人肯與他兌換的。怎樣的一個夜間！

他醒轉的時候，他的頭像鉛一般的重，不過他的思路卻很清楚。請問，他既明白他的手頭不寬裕，卻去瘋人般用了那許多錢買了一雙新的（並且壞到十分的）靴子，那是什麽意思？他的那雙舊的無論如何總是可以穿到冬初的。他進店的時候，心裏是個什麽念頭？他難道是指望……垂憐的上天！

丁泊雷君並不是多好的一個心理學家。不過忽然間他可怕的明白看出，他如今正在過一道德上的難關。牠在貧困問題上又給他多增加了一樣智識。

緊在早餐之後，他下了樓，敲索格斯君的書房門。

『什麽事？』釘書人問，他正喫着第四塊大的鹹肉，說話時嘴裏還滿含着。

『先生，請准我今天早上告一兩點鐘的假。有點要緊的事亟待解決。』

索格斯君的回答與他的同行們一樣漂亮，『我看你要怎樣，就可以怎樣。錢是照扣的。』

那一個鞠了躬，退出去了。

兩天後他又寫一封信給魏爾夫人。信的內容如下:

「從前惠寄的款子,我已經寫過了照收的回信的,如今施散去了。爲確實牠的正當用途起見,我將那張支票交給了鄰近一個教士,並加上了淸楚的說明,他極爲盡心,將受惠的人名都在一張紙上記了下來,這張名單在這封信裏附上,想必你看了也覺着滿意愉悅的。

不過爲什麼你要問了,我將這件事託給一個教士呢?爲什麼我不自己作這件事,使自己得到救助與我有私人關係的可憐人的愉快——我將我的生活專注在慈善事業上的人?

回答簡單而明白,我是向你撒了謊。

我並「不」是自動的來這地方住的。我也「不」是專神於施捨上的。我僅僅是——不,不,我從前僅僅是——一個窮的紳士,一個某天知道了他的資財耗盡於愚笨的投機上的人,一個羞將眞話告訴他的朋友而遁入了窮苦微賤的生活的人。你知道,我這樣,在不幸上又加上了羞辱了。我不願意告訴你,我幾乎又作出一件更墮落的事呢。

我如今在一行手藝裏拜師父,我相信我將來能在我的薄的儲蓄上有點增加,使我可以較這一些時以來的境况好些。我懇求你寬恕了我,要是能夠的話,並且從此忘去。

不夠與你作朋友的丁泊雷。」

——George Gissing

——北新英國近代小說集

半天玩兒

赫胥黎原著　徐志摩譯

赫胥黎小傳

赫胥黎（Aldous Huxley）生於一八九四年，是當代的英國小說家。他的祖父就是生物學家赫胥黎（Thomas Huxley）。

一

是個星期六下午，好天。倫敦在晴霧的春陽中美麗得如同想像中化生的一座城市。光是金的，陰是藍與紫的。懷着不可制止的希望，公園中的煙煤薰黑了的樹都在舒豁着青條與綠葉；新來的青綠是不可信的新鮮，漾着光亮，在空中浮着，看來這些稀小的嫩葉是從一個虹霓的正中那一環瑩碧上割剖得來的。這春放的異蹟，那天下午在園裏散步的人們都深深的感到。先前死的現在活了過來；腐臭化生着神奇，虹霓的異彩在煤煙中吐露。這境界不由人不訝異。何況那些注意到這出死入生的魔術似的轉變的人們他們自己也發生了變化，春的靈異一樣也沾着他們。更深的相愛，在樹蔭下閑散的對兒感到更大的幸福——或更銳利的悲哀。肥胖的人們把帽子傘在手裏，一邊陽光親着他們的禿頂，一邊他們在心裏下着一個絕大的決心——關於威士克關於公司裏美豔的女書記，關於早起。春醉的少年追求着少女，她們半心慌半心跳的，跟着他們走路去。中年的紳士們，穿着園徑走回家去，猛然覺得他們殭硬醜惡的買賣心腸又一度的青放，如同一園的林樹，青放着和善與雅趣。他們想着他們的妻，在一陣情愛的激射中想念着她們，雖說他們結婚已二十年。『今天總得帶回點兒東西去給太太，』他們對自己說。什麼好呢？一盒蜜餞果子？不錯，她是愛吃蜜餞果子。或是一盆杜鵑花？或是……但想到這裏他們纔記起這是星期六下午。舖子都是關了門的。而且也許，他們想，歎着氣，他們太太的心也是關了門的；因爲太太並沒有到發芽的樹下來走過路。這是人生，他們心想，憂悄悄的望着閃亮的『蛇河』裏的遊船，望着在玩兒的孩子們，望着情侶們，手把手的在靑草地裏相偎的坐着。這是人生；難得心開的時光，店舖子偏是關門。話雖如此，他們決意從今天起不再隨便在家裏發脾氣了。

彼得勃萊德也深深的感受了這春光與新綠的影響。滿園的春意頓時添深了他的孤寂，他的悵惘。在他周遭的明豔中他的靈魂更顯得闇淡了。樹已經蘇醒回來，他還是絕無生趣。情侶們雙雙的走着；他還是他的孤單。春儘着放，陽光儘着亮，今天雖然是星期六，明天是星期——這時光使得人人快活也應得使他快活，但也許正爲了這種種，他在赫德公園中散着步，感到的只是沈酣的傷慘。

在這樣無可奈何時，他照例轉向到他的想像世界去尋求安慰。啊，那不是一個可喜的小姑子在一塊碎石上踹滑了腳，傷了踝，正在他的跟前？他自己長成了更高大更美，彼得於是趕着過去致獻他的殷勤。他於是攙着她上了一架汽車（付錢他不愁，有的是）送她回家——家在葛羅斯文諾方場。她原來是一家貴族的小姐。他倆就此相愛……

又一幕是他在圓池裏救起了一個失足下水的小孩，因此博得了它的年輕守寡的母親的永久的感念，博得了她的更甚於感念的……。正是，守寡的彼得總不忘特別提明她的守寡。他當然完全是好意，一點不沾着邪念。他年歲還不大，從小的敎養也是不錯的。

再不然打頭兒就不來這類的意外，他無非見到一個年靑的女子獨自坐在一條板橋上，神情是十分的無聊與憂鬱。放大了膽，但不是沒有禮貌，他走近了她，他脫了帽，他微笑着。『我看你是覺得冷淸吧，』他說；他話說得雅馴，又自然，一點不帶他的郎克夏的土音，一點不帶他的急人的口吃，這在實際生活上使他感到開口說話是最苦惱的一件事。『我看出你是冷淸。我也是的。你許我坐在你旁邊不？』她笑了，他坐了下來。他就對她說他是一個孤兒，他有一個出嫁的姊姊住在洛希岱地方的。她也說了，『我也是一他孤兒。』這來兩個人中間就發生了一種極大的關連。他們也彼此互訴各自的苦惱。結果是她哭了。於是他說，『不要悲傷，你有了我哪。』聽了這話她又高興了點兒。他倆就一起看電影去。到後來他猜想他倆是結了婚的。但那一節是有些模糊了的。

但在事實上當然是沒有這樣的豔遇，他也從沒有勇氣去向人訴說他的孤苦；再有他的口氣實在是糟極了的；再有他身材長得渺小，戴着眼鏡，臉上總是長着些不乾不淨的；再有他的一身深灰色衣服是已然破舊得不堪，袖子又是過分的短；再有他的皮鞋，雖則是刷得很仔細，也不能看得比它們原有的價値高。

這下午撲滅他的幻境的就是他的兩隻鞋。眼望下走着路，沈浸在思慮中，他正在盤算坐在汽車裏送那貴族的美小姐回家的時候，他該說些什麼話，他忽然覺察了他的替換向前走着的鞋，烏黑的闖散了他的內生活的透明的幻象。它們是難看得不成話！比到有錢人腳上穿的那些雅緻閃亮的鞋分別够多麼大！新的時候就是够難受的；年歲使得它們變成絕對的可厭。腳楦再也改不了穿壞了的相，那鞋頭上，正套着腳趾的一塊，已然起上極深奇醜的縐紋，枉然擦着油，他一樣看得清那乾确惡劣的皮上蛛網似的織着無數細小的裂縫。在左腳外向的一邊那趾蓋已脫了線重經粗糙的縫上的；那傷瘢其實是太淸楚了。因爲穿久了多縛多放，那些穿帶的小孔也早掉了它們那黑釉，在黃銅的赤裸中無忌憚的露着它們的醜相。

喔，簡直是怕人，他的鞋；叫人惡心。但他還得且穿哪。彼得重復修改一次他時常改了又改改了又改的算計。要是每天在他的中飯上能省三個半辨士；要是天好的日子早上到公司去走路不坐車……但不論他算得如何精細，修改得如何周密，二十六七個辨士一星期還是二十六七個辨士。鞋是貴了；況且就算他積够了買一雙新鞋的錢，他的衣服的問題還是不能解決。更使他難堪的是春天又到了；樹葉子在樹上長，太陽在天上亮，在一雙雙一對對有情人的中間他獨自的走着路。今天這世界太使他難受了；他又不能躲避，那兩隻鞋死追着他，他怎麼躲也躲不了，那兩隻鞋非得抓回他來考慮他的可憐。

二

兩個年輕的女人已從蛇河沿岸人多的走道上轉出來，從一條小路向着華茨像的方向走上山去。彼得跟着她們。一股子的異香從她們的身上散布到空中。他迫切的嗅着，他的心開始了異常劇烈的跳盪。他看出來她們是不可思議，簡直不是凡人。她們是嫵媚的化身，天人似的不可幾及。他在蛇河邊看見她們在走路，一種華貴高傲的美的一瞥征服了他，他立卽轉身跟着她們走。

餓慌了似的他狂嗅着她們美妙的香風；露出一種急相，就像是於他有性命的交關，他看她們，他研究她們。她倆都是長得高高的。一個穿着一身灰色布褂，深灰色的皮毛鑲着邊。那一個的褂子全是皮的；一二十個金色的紅狐犧牲了它們的命爲的是要使得她在這初春的晚涼中可以暖和。一個穿着灰色，那一個穿着淡黃色的襪。一個穿着灰色山羊皮，那一個穿着蛇皮鞋。她們的帽子是小的，包得緊緊的。一隻法國種小黑的蒲兒狗跟着她們，一會兒在她們脚後，一會兒在她們頭裏跑着。狗的脖子上圍着有斑紋的狼皮，窩着它的黑圓腦袋像（十六世紀仕女們時行的）一個縐領。

彼得緊緊的跟在她們後背，在人少的地方他可以聽到她們談話的斷片。一個的聲音是幽幽的（像班鳩；）那一個說話有點兒發啞。

『這樣一個神聖的男人，』那啞聲音在說，『這樣一個眞正神聖的男人！』

『倚麗是這樣對我說的，』那幽幽的一個聲音說。

『又是這樣一個盛會，』啞的接着說。『整晚上他逗着我們樂。誰都有點兒放浪。到臨走的時候我說我想走路出去試試運氣，路上許有車。你說怎麼了，他就說他請我到他心裏去找一輛車。他說那兒有不少的車，而且全是開着的。』

她倆都笑了。這時候從後面上來正走過去的一羣小孩的鬧聲打斷了彼得正聽着的談話的下文。在心裏他咒那羣孩子，惡賴的小鬼——他們妨害了他的聽到祕談的機會。而況是這樣一個機會！她們說到的是一種多麼離奇，異常華麗的生活！彼得的夢想一向是在田野間，鄉村裏的。就是那貴族的小姐，他意思也是要她同到鄉裏去住的，安靜的過他們家常的生活。至於有種種盛會的世界，什麼誰都有點兒放浪，什麼神聖的男人們請年輕的仙女們到他們的心窩裏去找汽車的那一個，他是完全茫然的。他現在瞥着了一眼，他覺得這種生活有些外邦的與熱地的異味，妙極了的。他的整個的野心現在就想去進這花花的世界，把他自己的生活，總得想法子管它怎麼樣，和這些年青的仙女們的生活打成了一片。假使這忽兒她倆同時在那蹶出的樹根上打一個絆扭了她們的腳踝。假使……但她倆好好的走了過去，但一轉瞬間，他忽然見到了一個希望——在那蒲兒狗身上。

那狗正在右手離走道有幾碼地的一株榆樹根腳上嗅着。它嗅，它嗥，它已然留下了它的遊蹤的一點挑鬬的紀念，現在正在氣憤的用後腳對着樹根爬着泥土與小枝條。正這時候跑來了一隻黃色的愛爾蘭種獵犬，它也來嗅了，先嗅樹，再就嗅到那蒲兒狗。蒲兒狗停止了它在泥土裏的爬，也往那獵犬身上嗅。彼此小心提防着，那兩個畜生相互的繞着走，一邊走一邊嗅着嗥着。彼得嬾洋洋的不經心的對它們看了一陣子。他的心是在別的地方；那兩個狗他都不怎樣看見。然後，猛然的心頭一亮，他想到了這下去它們許要打架。狗打架，是他的莫大的現成機會。他當然就得英雄似的衝進去，把它們分開，他竟許叫狗給咬着。可是那有什麼相干。不但不相干，就那咬得好，事情更可以順手了。他要是受了傷，仙女們就得格外的感激他。他於是熱心的希望那狗子們打架。殺風景是架還沒有打成那仙女們與那黃狗的主人注意到了危險各自來把狗給拉開了去。

『喔，上帝呀，』他虔心的禱告『再別讓他們各自把狗子給牽散了去。你得讓那狗子們打。都看耶穌基督分上。阿門。』彼得從小就是知心皈命的。

那羣孩子們已經過去了。仙女們談話的聲音又聽得清了。

『……這樣一個怕人的厭物，』那幽嗓子在說。『我到那兒那兒就有他。他那厚皮也就不用提了。我對他說過我恨猶太我也對他說過我看他是又醜又笨又不知趣又不懂事又討厭。可是他還是照樣，一點也不相干。』

『那麽至少你可以使喚他做做事情，』那啞的說。

『喔，我怎麽不？』幽說。

『噢，那也多少是一回事。』

『是呀，』幽說，『可是不多。』歇了一向。『喔，上帝呀，』彼得又禱告，『別讓她們看見纔好呢。』

『祇要是，』幽轉着念頭又說話了，『祇要是男人他們能懂得……』一陣駭人的叫噑的鬧打岔了她。

那兩個年輕的女人轉身向着聲音來的方向看。

『綳瓜！』她們一個急聲命令的叫，再來一聲更迫切的，『綳瓜！』

但她們的叫是沒有用，綳瓜與那黃狗已經惡狠狠的打開了頭，再沒有工夫聽話。

『綳瓜！綳瓜？』

一邊是『培因！』那小女孩與她的胖看護也在滿不生效力的叫着她們的黃狗。『培因，過來！』

時機是來了的，那熱烈的期望着的時機，那豐富的有意味的時機。提起了精神，彼得向狗子的戰陣上和身子直撲。『Get away 你這畜生，』他喊着，用腳踢那愛爾蘭狗，因爲那黃狗是敵人，那法國種的蒲兒狗——『她們的』法國蒲兒狗——爲幫這位朋友的忙，救他的急，他如同希臘古神話裏的一個天神，現在親身來到。『Get away！』這一興奮他連他的口吃也忘了。那字母G是他的一個難題目；但他這一下居然一順水的把『Get away』喊出了口。他對付那狗子，抓它們的短撇的尾巴，扭它們脖子的鬆皮，想把它們拉開了去。有機會他就踢那黃狗一腳。但是臨了咬他的倒反是那蒲兒狗。比 Ajax 更來得笨，那蒲兒狗竟不懂得這位天神是來幫着他動手哪。但彼得一點不覺得恨，並且因他提着火，連痛也不知道。血在他左手一排的狗牙窟窿裏儘着往外流。

『喔喔！』幽叫着，倒像是咬着的是她的手。

『當心，』嚥着急的提醒他。『當心。』

她們說話的聲音越發加添了他前向的勇氣。他踢得更猛，拉得更凶；結果，有那麼不到一秒的時間，他居然分開了那惡鬭着的畜生。在那不到一秒的時間那狗子的口裏誰也咬不着誰的肉。彼得抓住了這機會，一把領住了它的頸上的鬆皮他提空了那法國蒲兒狗，一面它還在出性的咬，忘命的嗥。那黃狗站在他的前面叫，三不時就往上跳，使着狠勁想捉他敵人掛空著的黑腳。但是彼得，活像 Per Seus 一手提着 Gorgon 的腦袋的姿勢，儘高的提着掙扎的綳瓜，不叫它敵人搶着。那黃狗他用腳對付；那小女孩與那看護，這時候已經有了主意，從那發怒的狗的背後上來，把皮帶扣住了它的領圈。它的四隻強硬的往下栽的腳爪在草面上滑溜着，那黃狗生生的給使勁拖了開去，一面還在叫，但不如先前的凶——因為他想掙扎又掙扎不了，也有些累不過來了。叫人家在他的黑頸皮上帶住了懸着地夠六尺高，綳瓜儘着狂扭也是沒有用。

彼得掉轉身走向那仙女們。啞的眼睛是精窄的，口有些憂愁相；她的是一張瘦小的神情悲慘的臉。幽是來得更圓，更紅，更白，眼珠子更藍。彼得從這一個望到那一個，心裏決不定那一個是更美。

他放下了那掙着的綳瓜。『這是你們的狗』是他過來想說的話。但這一雙明豔人物的可愛忽然又喚回了他的自我意識，跟着來的就是他的口吃。『這是你們的……』他開頭說；但弄不出那個狗字來。D 也是彼得的一個難字母。

彼得也不是沒有心計的，普通應用的字凡是開頭是一個難字母的，他就避了不用，另外覓了許多可以替代的字作為準備。因此貓 (cats) 他總叫 pussies，不是他故意學着孩子氣，是因為 p 字比不可能的 c 字能念出口的多。coal （煤）他得說成更含混的 fuel （燒料。）碰到 dirt （髒）他總說 muck。他這發現替代字的巧妙就比得上早先盎格魯撒克遜的詩人們，他們因為詩裏只用頭韻(alliteration)不用尾韻(rhyme)逼得去找開頭同字母的字，比如說到海，現成的 sea 字不用，因為要協 waves 或 billows 就得把海叫作 whale-road （鯨魚道）或 bath of the swans （天鵝的深池。）但是彼得卻不能充分利用他的撒克遜祖宗的詩的權宜，因此有時他搜索不到方便的常用的字來作替代時就非得硬了頭皮把最難的字一個個字母給拼了說。所以他逢到要說 cup 他就決不定還是說 mug 還是念 c, u, p 再要逢到 egg 他知道決不能說 ovum 雖則那是唯一可替的字，他祇能期期的念着 e, g, g 的了。

這時候堵着他的是 dog 那個氣人的小字兒。彼得本來有許多別的法子說狗。因爲 p 比 d 是一個稍爲容易一些的字母，他在不十分着急的時候可以說「pup」要是 p 來得不順口，他還可以把那獸，雖則難免滑稽以及帶些唱戲的腔調，叫作一隻 hound。但如今有這兩位仙女在他跟前，彼得不由得有些心慌，這來一個 d 字固然念不出口，就連一個 p 字或一個 l 字都變了萬難的了。他極苦痛的忍着不出聲，滿想這個不成那個總可以的來解決這問題，先想說 dog 然後 pup 然後 hound。他的臉漲得極紅，他是在受罪。

「Here's your whelp」他終於掙出了口。那個字，他未嘗不覺得，是莎士比亞氣味太重了些，普通用實在有些不合式。但他除了它再沒有別的字說得出口去。

『眞眞多謝你，』幽說。

『你是能幹，你是眞眞能幹，』啞說。『可是我恐怕你是受了傷了吧。』

『喔，不——不要緊的，』彼得慨然的說。一邊他把他的手絹繞着他把他的傷手插在口袋裏去了。

同時幽已經扣上了綳瓜的領圈。『你可以放下他了，』她說。

彼得聽話鬆了手。那小黑狗立時就向着他那悻悻然退去的敵人的一方猛跳。它一猛的向前使盡了皮帶的長，激得它在後腿上站了起來，它這相兒，一面叫着，就像是一個徽章上的一隻猖狂的雄獅。

『可是眞的不要緊嗎？』啞追着問。『讓我看看。』

彼得又聽話，拉去了繞着的手絹，把手伸了出來。這使他覺得事情來得都很如願。可是他一發見他的指甲的髒他又不由的着急。噯，要是他，要是他出來以前想得到洗一洗手多好！這叫看了多寒傖！紅了臉，他想收回他的手。但啞拉着它。

『等着,』她說。然後她又說:『咬得很凶的。』『啃,糟極了,』幽也加入,她也僂着相他那手。『我眞是抱歉我的笨狗會得……』

『你得立刻到藥舖子去,』啞打岔說,『叫他們替你洗乾淨了包起來纔好。』

她把她的眼從他的手移起來望他的臉。

『到藥舖去,』幽也同意,她也仰起了頭。

彼得從這個看到那個,那張得大大的藍眼睛和那眯細的奧妙的綠眼睛一樣看得他眼花。他含糊的望着她們笑,又含糊的搖着他的頭。同時他趁着她們不注意的時候把他的手重復用手絹裹好了縮開在一邊。

『這不——不要緊,』他說。

『可是你一定得去,』啞逼着說。

『一定得去,』幽說。

『不——不要緊,』他重說了一遍。他不要到藥舖裏去他要跟仙女們在一起。

幽轉過身去向着啞。『Qu'est-ce qu'on donne à ce pett bonhomme?』(這好孩子我們給他點兒什麽呢?)她問,說得很快,聲音也很低。

啞聳聳她的肩膀,抿一抿嘴,表示她沒有主意。『Il serait·offensé, peut-être,』她說。(說不定他許要生氣。)

『Tu crois?』(你以爲嗎?)

啞飛快的望她們討論的題目看了一眼,這一眼把他整個兒批評的看了進去,從他的破氈帽到他的破鞋,從他的慘白的長斑點的臉到他的極髒的一雙手,從他的鋼邊眼鏡到他的皮錶帶。彼得知道她是在看他,心裏覺得一種帶羞的含糊的快活,望着她微微的笑。她多美呀!他想不知道她們偷偷的在說些什麽了。也許她們在那裏商量要不要請他吃茶去。這念頭一轉到他就覺得準是了的,奇怪極了,事情來得正如他夢裏的景象。他想不知道他有沒有那膽子對她們說——這第一回——叫她們不妨到他的心裏去找汽車。不知道。）

幽又轉身去向着她的朋友。她又聳了一聳她的肩膀。『Vraiment,je ne sais pas』她低聲說。（我實在

『Si on lui donnait une livre？』幽出主意了。（給他一鎊怎麼樣？）

啞點了點頭。『Comme tu vondras』（你說好就好。）一面還有那個在她的手袋裏裝得沒事似的在摸索的時候，她對彼得講話。

『你眞是勇敢得很，』她微笑着說。

當着她那鎭定的冷靜的注視，彼得祇能搖他的頭，紅着臉，低着他的眼。他眞想看她；但事到了臨頭，他又受不住她那一雙晶瑩倔注的明眸。

『也許你是玩慣了狗的，』她接着說。『你自己有沒有狗？』

『沒——沒有，』彼得掙着說。

『嗄噢，那更顯得你的勇敢了，』啞說。這時候她一回頭看見幽已經找着了錢，她就去拉那孩子的手，很親熱的搖着。

『好，再會吧，』她說。笑得徐發的動人了。『我們感激你極了。眞的感激極了，』她重復說。她一面說一面心裏奇怪她何必這極了極了的儘說。平常她是很難得那麼說話的。可是跟這孩子談話彷彿這正合式似的。她跟下一等人在一起的時候她總是極懇切，說話極使勁，滿是個學生的口吻。

『G—g—g…』彼得開口了。她們就這麼去了嗎，他滿痛苦的在想，忽然從他的舒服的桃色的夢裏醒了過來。眞的走了嗎，既不請他去吃茶又不給他她們的住址？他想要求她們再躭一忽兒，他想再有機會見到她們。可是他知道這一套話他是說不上來的。啞已經對他說了再會，這在他看來就像是眼見一種怕人的大難快要來到，他可一點沒有能力去防止它。『G—g…』他微弱的掙着想說話。可是他發見他自己這一

個致命的再會還沒有嚥下去又在跟那一個拉手了。

『你實在是好，』幽說，拉着他的手。『眞好。說起你非得到一家藥舖去立刻洗乾淨你的咬傷。再會吧，多多的多謝多謝你。』她說末了的幾句話的時候她把一張疊得方方的鎊票塞在他的手掌心裏，再用那一個手一幫襯，把他的手指給捏緊了。『多謝多謝你，』她又說。

臉漲得火紅的，彼得搖着他的頭。『N—n……』他想說話，又想叫她拿回那一張鈔票。

但她卻笑得更甜蜜了。『不錯的，不錯的，』她連着說。『請你……』她再不停留，旋轉身輕盈的跟着啞跑了去，這時候啞已經向前走，走上了路，帶着那氣憤的繃瓜，它還在叫，蹶劣着想脫離那皮帶。

『好了，全妥當了，』她說，跟上了她的同伴。『他收了嗎，』啞問。

『收了，收了，』她點着頭。然後轉變她的語氣，『我來看，』她接着說，『我們方纔說什麼了叫這狗子一鬧給打斷了的？』

『N—no』彼得這纔漲出了口。但她早已掉轉了身匆匆的走去了。他往前追了幾步路；然後又停住了。還有什麼用。結果話說不明白也許他更丟臉。好，她們看他獃着這一陣子，實在是口吃說不出話，竟會以爲他跑上來想多要一點錢。她們也許再塞一鎊錢到他的手裏，更快的跑了去。他望着她們走過了那個山腰看不見了纔不望他轉身向着蛇河那邊走。

在她的想像中他又重演那一景，不是按着方纔的事實，而是按着該得如何對付的法兒演。那時候幽把票子塞到他手裏他就微笑着頂斯文的又還了她，口裏說：『我怕你是看錯了。錯得是很可原諒，我承認。因爲我看相是窮，我實在也是窮。可是我是一個紳士你知道。我父親是洛希俗地方的一個醫生。我母親是一個醫生的女兒。我一直在學堂裏讀書直到我父母死。相差幾個月他倆都死了，那年我十六歲，因此我學校沒有畢業就得做事情去。但是你知道，我不能拿你的錢。』這一說他更覺得氣概，有把握，更接近他又說：『我分開那兩條狗原是爲了你與你的朋友，替你們効一點勞。因爲我覺得你們是實在美貌，眞可欽佩。所以就算我不是一個紳士，我也不能拿你的錢。』這一小篇演說深深的感動了她。她和他拉手，向他道歉。他又安慰她，說她方纔的錯誤是很可懂得的。於是她問他能不能跟她們一起吃一盃茶。從這兒再下去彼得的想像更來得含糊，也更來得桃色，直到他又重溫那貴族小姐的舊夢，以及那感恩的寡婦和那冷淸的孤女；祇是這一次又來了兩個仙女，而且她們的臉子是眞實而又確切，不是幻想的模糊的產物。

但是他知道，就在這夢思迷離中，他也知道事情是怎麼來的。他知道他話都不曾說出口她已經走了；他也知道就使他追上去預備一篇演說想對她們說個明白，這他也是辦不了的。他父親是個 doctor 這字，比方說，他就得說一個 medico 來替（m 比 d 是個容易些的字母）再說他得對她們說到他的家裏人都 died 這他又辦不了，他只能說『perished』來替代——這可就滑稽了，倒像是他想把事情當作一個笑話講。不，成不成事情是怎麼樣是怎麼樣，他已經拿了錢，她們是已經走遠了，說不定把他看作一個走街的遊手，存心叫狗給咬一下子希望得幾個錢用的一流。她們做夢也想不到她們應得平等看待他的。至於請吃茶以及結交他做朋友……

但是他的幻想還是在着忙。他忽然想起用話來解釋是一件多餘的事。他話也不用說，只消硬把那鎊票塞還了她不就成。他爲什麼不那麼做？他又得原諒他自己的疏忽。她塞得太快了；他所以不曾想到。再不然他就往她們頭裏走，有心賣弄似的把那鎊票隨手給了他第一個見到的野孩子。不幸這個主意他當時又沒有想到。

那個整個的下午彼得儘走着路，想着方纔事情的經過，又懸想許多別的可能的更滿意的對付法子。但想雖想他也明知道這些主意都是枉然的。有時他的羞辱的回憶活現得使他簡直的打寒噤抖索。

天已在轉黑了。在紫灰的昏黃中一對對的情侶捱得更緊的走着路，在樹背後老實的交抱起來。一串串的黃燈在漸深的夜色中開着花。頭頂慘白的天上，有一弦的月亮在那裏亮着。他覺得更苦惱更冷淸了。

他的狗咬的手到這時候痛瘋害了。他離了公園，在牛津街上走着，找到了一家藥舖。收拾完了他的手。他走進一家茶館，叫了一個去殼的 e, g, g，一個圓麵包，a mug of motha，但這是太文雅了，那個女堂倌聽不懂，結果他只能翻譯成 ac, u, p, of c, o, f, f, e, e.

『你似乎把我認作一個遊手一類的人。』那是他該得對她說的話，口氣是要氣憤而且自傲。『你侮辱了我了。你要是個男人，我就一拳把你打倒。拿回你的髒錢去。』但他又想要是那麼一來他再沒有希望得她們做朋友了。再思的結果，他覺得鬭氣是無謂的。

『傷了手了？』那女堂倌拿了他的雞子與他的咖啡來時同情的慰問他。

彼得顛了顛頭。『B-bitten by a d-d by a hound』末了那個字炸藥似的轟了出來。

他一說又想起了他的羞，臉又紅了。可不是，她們只把他當作一個遊手，她們看待他簡直如同沒有他那個人一樣，無非是一種可以僱用的工具，一經用過付了錢，你再也不想到它。他這一想到他的羞辱，那樣生動活現的逼着他，不但心裏難過，連身體上都發生了影響。他的心跳得異常的快與劇烈；他覺得要嘔似的。好容易他硬掙着他吃了他的去殼蛋和他那盃咖啡。

心裏還在那痛心的事情上直轉，還在那裏發熱病似的籌劃着別樣幻想的對付的方法，彼得出了茶館，繼續他的無目的的漫步，雖則他已是極疲乏的了。他沿着牛津街一直走到圓場，從里琴街轉了下去，在霹卡狄匙停下來看了看半天裏痙攣似的抽搐着的電光廣告，走上了霞府勃里大馬路，再向南抄山路向着 Strand 那邊走。

在相近柯文德花園一條街上一個女人和他交肩挨了一下。『起勁點兒，小親親的，』她說，『別這滿臉的不快活。』

彼得驚奇的仰望着她。難道她是跟他在說話嗎？一個女人——有這回事嗎？他知道，當然，她就是人家說的一個壞女人。可還是的，她竟會跟他說話，這事是奇特極了的；也不知怎麼的，他沒有把她的『壞』聯在一起想。

『來跟着我去，』她哄着他。

彼得顛了顛頭。他不能相信這是眞的。她拉住了他的胳膊。

『你有錢嗎？』她急急的問。

他又顛了顛頭。

『你那神氣倒像是去送了喪似的，』那女人說。

『我是冷——冷淸，』他說給她聽。他覺得哭得出來。他甚至眞想要哭——哭了好叫人家安慰。他說話時聲音都發了抖。『冷淸那笑話了。像你這樣一個好看的孩子就不應該冷淸。』她打着哈哈，可是她笑是有意思的，不是爲樂。

她的睡房裏點着粉紅的燈，闊闊的。屋子裏滿聞着賤香水和髒衣服的臭味。

『等一忽兒，』她說，穿過一道門進裏間去了。他坐着等。過了一晌她又出來了，穿了一件日本睡衣拖着鞋。她在他的身上坐下了，兩條臂膀圍着他的脖子，再來就親他的嘴。『小愛，』她裂着她的破嗓子叫，『小愛。』她的眼光是又殭又冷的。她的氣息滿是酒精味兒。靠近了一看，她那貴相醜得簡直怕死人。

彼得就比是第一次看見了她——眼裏見心裏也完全認識了她。他別轉了他的臉。記起了扭傷了腳踝那位貴族小姐，那位冷淸的孤女，那位孩子掉在圓池裏的寡婦；又記起了啞與幽，他撤開了她的手臂，他一把推開了她，他跳了起來。

『對——對不住，』他說。『我一定得得去去……我忘了事情了。我……』他一把抓了他的帽子，向着門口走。

那女人追上來一把拉住他的臂膀。『你這小鬼，你，』她怪聲叫。她這一罵就是一套的胡髒奇醜。『玩兒了一個女孩子倒想不給錢溜了。哼，你走不了，哼，你走不了。你……』

又是一頓臭話。

他說。

彼得手伸到他的口袋裏去，拉出了幽那張疊得整整的鎊票。『讓——讓我——我走，』他給了她那個，

一面她在半不信的放開那張票來看，他已經急急的跑開了，出了門把門使勁給碰回去，匆匆的在黑扶梯上奔了下來，跑上了街。

——小說月報

又男又女的特安

霍爾原著　伍光建譯

> **霍爾小傳**
>
> 霍爾(Thornton Hall)是英國當代的小說家;他一說又是律師和攷古學會的會員。他把歐洲歷史上各代宮闈的祕聞,寫成滑稽的、可笑的、可怕的故事。他寫宮闈祕聞,不是黑幕小說,也不是誨淫小說,卻是很好的歷史小說。

第十八世紀有一個怪人,忽而男忽而女,有時是一個勇敢軍人,善用大刀,敵人見了喪膽,有時是一個最能迷人的美貌女人,男人或看她微笑,或看見她微露腳踝,就心醉了;有時他當一個嚴肅的大使,耍他的外交手段,忽然又變作一個社會的交際明星,首飾炫目,舉止大方,女人們都妒她,他由男變女或由女變男,變得很容易,而且當什麼腳色就像什麼腳色,所以當時的人見他今天是個男人,絕不會疑心他是個女人,到了明天看見他是個女人就相信『他』是一個女性,是最最迷人的女性中間的一個,絕不會疑心他是個男人。人雖好奇,始終不能解決這件神祕。歐洲人猜這個隱謎有五十多年。帝王的宮庭裏,貴婦的閨房裏,市上的茶樓酒館無不討論這個怪人。甚至於有人因爲這件怪事賭錢,輸贏很大;有人爲了這件怪事決鬭;好朋友因此絕交,家庭裏因此變作不和。這個怪人在這幾十年間臉上總是微笑,不動聲色,他憑高興或時勢扮男扮女,全不管他或她所激發的神祕。

他在一七二八年十月,生於唐泥(Tonnerre)小村。他的祖上是小貴族,屢代當勇敢的軍人與精明的律師;他父親在巴黎當律師,很發財。

他生下來就是個男孩子,這是無可疑的。受洗那一天,教士在册上登記,說他是個男子,父親名路易特安

（Lewis D' Eon），母親名某。

他從一歲到四歲的確是一個男孩子，還是一個很活潑的男孩子。從四歲到七歲他改扮女孩子，曾在大教堂行禮作貞姑裝束，是一個很美貌的女子，唐泥的婦女們很寶貝他。

到了七歲改扮男子，第一次穿男人褲子，有一個本地牧師教他讀書，他是一個最淘氣不過的孩子，不知捱過多少打。後來往巴黎讀書，常在河裏與同學們洗浴，只要同學們稍微激惱他，他就打他們的頭，無論遊戲或功課他都勝過他們。在這個時候與後來在大學四年，他無疑是一個男子，他的學問最好，劍術及遊戲都是個好手，他的名字本來很長，共總是六個名字，到行堅信禮那一天，又加上『瑪理』那個名字。

這時候他得了法律學士的學位，變作一個羽毛豐滿的律師。他在巴黎過快活日子。他好同人鬧酒，跳舞場的舞女們的有光的眼睛殊不能動他。他當盛手的女人不能動他。他所最喜歡的是男子漢的遊戲，尤其好擊劍。他雖然短小，身量如女子，有許多人擊劍卻不如他。他是法國的第一個劍術家，還許是歐洲的第一個劍術家。

這就是二十多歲的特安——是男子中的男子，他的男子漢氣概勝過許多男子。一七四九年，他的父親臨死時吩咐他，說是『我的「女兒，」你不必憂心，死與生都是自然而然的。我曾費許多心教你如何生，我必得教你如何死。』這時候他父親卻稱他是個女子。

特安當了幾時文學批判家，後來有人介紹他到狄康悌王爵（Prince de Conti）那裏辦事。這個王爵是路易第十五的偵探長，他一看見特安像個女子，就曉得他若是在國王手上當差是很有用的。特安這時候是二十六歲，面貌身材如同女子，還像一個很美貌的十八歲姑娘。特安既有男子的成熟閱歷，若改扮女裝，在外國宮庭當一個祕密偵探，原是個無價寶，他既改裝女子，凡是男人所不能到的地方，他卻能到，男人所不能得到的優待，他卻能得到。

不久就有機會了。路易急於同俄國女主依利薩白成立和好的與親密的關係，意在打破腓特烈大王的勸遠計劃;最宜當大使的莫過於這個狀貌如女子的律師,他不難同女主親近,鼓他如簧之舌,勸女主答應同法蘭西王用祕密碼子通信。路易很喜歡這個辦法,特安爲了結歐洲兩大國之好,很願意擔負這個重任。

於是有一天果然有一個美貌少年女子從巴黎赴比得堡,去辦最細緻的重要交涉,只有一個騎士名答格剌士(Douglas)的護衞他,這個護衞是蘇格蘭人因爲犯了殺頭的罪逃到法國的。有人寫他當時的面貌態度,說是:『這個小姐身材苗條,臉泛桃紅色,兩隻柔媚的藍眼睛,兩道微撅的紅唇,一臉的媚態,她有這樣種種的美麗,不獨能得俄國女主的歡心,而且凡是能爲女色所迷的男子都要拜倒在她的裙下。』這個少年女子不獨美貌而且有才學,她帶了一部孟得斯鳩的法意,外表是很無害的,書皮的夾層卻藏着路易給依利薩白的親筆信,還有往來通信的密碼。

俄國女主果然被這個女大使的柔媚手段所迷,當她是個心腹。等到利亞(Lia)小姐(這是特安的假名)滿面通紅承認他是個男子改扮了欺騙她的,依利薩白不獨不怪他,反更優待他,因爲這個女主最喜歡美男子。據說女主還派這個喬裝小姐當讀信的女官,每天兩人在一起好幾點鐘,一面讓他同副宰相的姪女和朗佐甫(Woronzoff)伯爵夫人同住在一所屋子。特安享受與女主及伯爵夫人親密的利益,自然發生許多謠言,歐洲各國宮庭就有許多毀謗的材料。特安利用他的種種機會鼓他的如簧之舌,果然勸女王答應與法國及奥國聯盟,其結果就是七年之戰。依利薩白還要表示特別優待,不另派大使,只派特安把聯盟條約帶給法蘭西王。

作者要說一句公道話,當時有許多著作家說這是一派胡言,我卻要證明這段故事,我要聲明這時候有一幅特安的畫像,是一個很美貌的少年女子,兩乳還是很豐滿的。倘若這幅畫像是畫得很肖的,這樣的憑據更能令人相信,勝過許多著作證明不能相信這樣一個完備的女人能够是一個男人。

特安第二年回來俄國,這次卻是男裝,當使館的祕書。有人說這時候的特安道,『他天生是快樂的,儀表能動人,很能說俏皮話,好洒好說笑話,喜騎馬,善舞劍,有許多闊人都要同他做朋友,請他吃飯;婦女們對於他卻有點莫名其妙。他對待婦女多禮而和藹，卻毫不越分；他在一個有名淫亂的宮庭卻能保守貞潔，加以他的狀貌如女子，於是發生了謠言，說「法國使館的祕書是一個女子！」』

到了這個時候，歐洲就談論特安，有人說他是男的，有人說她是女的。貴婦們用扇子遮臉談這個問題，一面談一面笑；男人們一面吃酒一面很熱烈的辯駁，有人說特安是男的，有人譏笑對方，說他們說瘋話。他回去法國，就變作當時的英雄，無論他到那裏，都有許多人跟他。婦女們尤其寶貝他，很替他忙，請他到她們的密室裏，用笑臉歡迎他。有許多簡直問他究竟是男的抑或是女的；他善用掩飾的話躲避她們，不正經回答。

但是特安不久就厭煩了美婦們的笑臉與在密室裏的恭維。他聽夠了甜言蜜語，於是決計要證明倘若他是個女人，他至少也能夠做男人的事，比得上法國無論那一個男子。他投効軍隊當軍人，同英吉利、普魯斯、及漢諾威（Hanover）的聯軍奮勇打仗；同最勇敢的人在一起殺敵，立過勇敢驚人的戰功。他當的是龍騎隊的隊長，有許多人說他是女人的，見了大爲詫異。有一次他帶了他的隊伍很堅忍的撲攻一支普魯士軍隊，敵軍大敗，全數被俘。

特安去了戰功回去巴黎之後，卻並不能過安閒日子。尼華尼（Nivernais）公爵正要往英國議和，就派這個少年營長當他的祕書，他就是這樣初次在英國出現，後來他在這裏做許多事。他人還未到英國，英國人已經聞他的名，不獨宮庭歡迎他，無處不歡迎他，出乎他的位分之外。宮裏的貴婦們爭先恐後的優待他；他飽受歡迎，壓伏了先意承志的小心招待，最柔和歡迎他的無過於英王佐治第三的王后素斐．沙拉（Sophi Charlotte）她屢次燕見他，同他一談就是幾點鐘。怪不得妒忌的人們造謠言，從英國的這一頭到那一頭所談的無非是這個騎士特安究竟是個男人抑或是個女人。

有許多高貴婦女請他到鄉下的別墅，當他是個貴客，不惜以身相獻，特爾甫（Telfer）說：『他遇有這種情事就走開，不在那裏住』——他的與約瑟相似的態度就證實人們的疑心，疑他是個女人，不能夠享受貴婦們的自獻。那時候正是道德淪落時代，而這個騎士反以貞潔顯，他在宴會場中當女賓及教士出席之後，卻縱談邪淫，這又證明他是個女人。

當時的法國大使沙提拉伯爵（Count de Châtelet）切實聲明他相信特安是個女人，那時候還播散許多粗鄙的小册子都說他是個女人。當時賭風盛行，因爲這個人的男女問題賭得很大，有幾個投機家居然出賭券。有一次賭家所欠的賭債共有七萬鎊；有一個訴訟公堂陸續傳到的見證都說特安是個女人，其實並無什麼有力的證據，不過說他當女人當得很像。貴族曼斯菲（Lord Mansfield）斷這場官司，判被告繳出七百鎊，因爲他賭特安是個男人。

有人堅持說他不獨是個女人，而且是個有鬚的；當時有人說他『面貌如女子，一雙藍眼睛，五官俱小，臉色淡白，有黑鬚。』又有人說『他戴假髮與小辮，常穿龍騎隊軍官制服——紅色制服，淡綠衣襟——身高五尺七寸，軀體微胖。』

特安因爲許多人賭他是男是女很生氣。有人說他曾毆打幾個保險行的投機家，又恐嚇其他幾個；後來他離開倫敦幾時，最親密的朋友也不曉得他往那裏去了。他的祕密逃走令人投機得更熱鬧，如火上加油，他一回來這場大火燒得更厲害。女人們比男人們好事得多，有許多女人用盡計謀要得到他的祕密，也是枉然。有一個少年女子，威爾克小姐（Miss Wilkes）寫一封法文信給他，說是：『威爾克小姐同騎士特安先生請安，急於要曉得他實在是否一個女人，抑或的確是一個男人，人人卻都說他是個女人，威爾克小姐求他把實情告訴她。』特安置諸不理。

人們因爲要曉得特安是男是女，辯論了好幾年，等到他晚年還在那裏討論。我們要回過頭來說特安在倫敦的情景，他在英國所過的並不是很安樂的日子。他把批准的和約帶回法國之後，國王賞他一個小爵位，讓他回去英國當臨時大使。可惜他有許多仇人正在那裏設計打倒他——他們恨他揭露他們的祕密——其中有一個仇人就是狄古西伯爵（Count de Guerchy）奉命爲駐英的久任大使，特安的禍患就起首了。

那時候有許多貴族結黨反對國王，狄古西不過是其中之一，他們要國王曉得他們的厲害，先打倒國王的祕密偵探們，特安是其中的最顯著與最危險的。路易一聽見這種陰謀就警告特安，叫他再扮女裝，躲在城裏，不然是會遇險的。誰知特安膽大，並不害怕。人家都以爲他是個女人，他卻很有膽子，同他的仇人們挑戰，請他們只管動手，他們果然就動手。特安在住宅辦防，請許多忠心的朋友們來幫助，預備仇人來攻。

吉利士提（Christy）在所編特安親筆記載上說道，『他晚上點一盞長明燈，日夜擺着一條燒紅的鐵捧在左右。他有四對手槍，兩桿礮，及輕刀。守宅兵是幾個舊部，都是龍騎兵，還有幾個是在倫敦找着的逃兵，住在地窖裏。他吩咐他們倘若法國的警官要進來，就讓他們進來，進來之後截斷退路，同時他自己把守壕溝。他還預先布置倘若他被人打敗，他就發預先約好的暗號叫他們各自逃走，他就施放那埋在幾間重要屋子及樓梯下的地雷。』

他很少出門，倘若出門必全身披甲，若是有人動他的手，他不是槍殺兇手就是槍殺自己。倭蒲爾（Walpole）說道：『我相信他說到那裏做到那裏。』

狄古西看見特安這樣堅決的防敵，又得了英國政府的警告說，『照着英國法律既不許奪特安的文件亦不許拘捕他，』只好拋棄了祕密的拘捕他送往法國，決計用詭計害他。狄古西裝作很和氣的同他講和，請他吃晚飯，以便和解，特安屆時果然赴宴。他卻還是疑心他的仇人不懷好意，時時刻刻留神，他窺見當他正在與人談話的時候，狄古西的司馬乘機放毒在他的酒裏。特安裝作未看見，卻始終不飲這鍾酒；過了幾天法國大使被拖至法庭，說是有人告他置毒。司馬承認放毒，狄古西因爲自身是個大使不受法庭審判；只好把這件丟臉事體埋沒起來不敢聲張，大使逃回法國。

當日想過許多法子打倒特安，上文所說的不過是其中之一。有一次他深夜回家，有一羣被僱的土棍圍攻他，他善於用劍，打倒三個，其餘的都逃走了。他的仇人還設法勸特安回法國，佐斯爾公爵(Duc de Choiseul)就是其中之一，他寫過好幾封親熱的信給特安，稱他爲『我的寶貝特安，』就是想騙他回國；但是特安是個老手，不容易上當，使他們的陷害詭計不能施行。

他們之所以屢次設計捉他，原爲的是要搶他所保管的幾件公文；誰知路易第十五簽押了巴黎和約兩個月之內就設計侵犯英國，詳細計劃都在這幾件公文裏頭，所以國王的仇人們不惜用極端手段搶獲這些公文。特安忠於君主，又愛惜體面，寧願犧牲性命以保護這幾件公文；英國的在野黨曾允出二萬金鎊收買這些公文，特安雖然貧窮，卻不肯欺君賣國。路易獎他的忠誠，每年給他一萬二千利華的恩俸，特安得了這筆錢自然是很高興。

路易第十五死後，特安又窮困起來，不能不同新君議定條件。他同布麥西（Beanmarchais）議條件，不該承認他是個女人，因爲這一承認，從此以後直到他死都要做女人。他好像對古定（Gudin）也承認是女人。古定陪布麥西往倫敦，說道，『我在府尹維克斯（Wilkes）的宴會中遇見這個令人注意的女人，就是特安小姐，她痛哭流涕的對我說她是個女人，還露出兩腳給我看，腳上許多傷瘢，因爲打仗的她的馬受傷，她就墜馬，被一般騎兵在身上走過，她倒在地上不動，人家以爲她死了。』

他這次的承認，很不利於他自己，因爲這樣一來，也不能再要求當法國的駐英大使，使法國政府不能不強逼他穿女人服裝。他這件錯事做得太過火了，他同布麥西立合同，規定每年還照舊給他一萬二千利華的恩俸，他還在合同旁邊批明，『這個特安小姐曾經內外科醫師們，產婆們，及法律文件證實。』她（我們從此以後只好當特安是個女人）還訂明『以後穿女人服裝，』她還說，『從前曾穿過幾次，是國王曉得的。』這個大錯現在是鑄定了。特安自己把他的男人前程中止了；他原是個法律博士，是個騎士，是個勇敢軍人，又是個精明外交家，從此以後女人都曉得她是個女人。特安雖然正式承認是個女人，仍然賣弄他是個男人，有人肯送她八千個路易，只要她肯讓幾個公證人查驗她是男是女。這個消息一傳出來，舉國若狂的要賭輸贏。特爾市說道，『城裏所賭的款子就是十二萬多鎊。』巴黎有一個人曾要求七萬五千鎊。有一個外科醫士希士（Hayes）向法庭控告特安的一個保證人，開庭的另有一個醫士名利古（Le Gurx）的卻宣誓證明他的確曉得特安是個女人，因爲他同她看過病。』

特安恐怕不穿女人服裝就失了每年的恩俸，遂於一七七七年八月六日在倫敦作女人裝扮，『穿了一件很華麗的寬大袍子，戴上嵌了許多金鋼鑽石的帽子。』第二天她請了許多朋友赴宴，其中有一個這時候不過是個孩子，若干年後追憶前事，說道，『她是個壯健女人，無鬚，穿的是黑衣服，戴的是假髮，掛一副金鋼鑽頸串，長的胸衣，古老的肚兜。』

這次宴會之後數日，特安回去相離日久的本鄉——她到法國的時候穿的是紅綠兩色的龍騎隊長制服，胸前掛聖路易十字徽章。官長們怒她失信，逼她立刻改穿女裝，她藉口無適用衣服。王后幫她忙，吩咐宮庭的女裁縫替她製衣服，足够四個宮女之用。過後幾天特安寫道，『我身邊只有幾件女裝衣服，不能在華西離宮露面。我要新衣服，宮庭的女裁縫不獨擔任替我製備，還擔任把我變作一個過得去的謙退及服從的女人，要我扮演獅子易，要我扮演羔羊難，要我做義勇隊的隊長易，要我做溫柔而婉順的女子難。』

幾個星期後，她因爲有十八年不見老母，回鄉省親，穿的又是龍騎隊制服，她的老母卻還是當她是女兒。她回到華西離宮時卻穿新製的女人衣服；當慶賀聖烏爾素拉(St.Ursula)節時，她『穿的是華麗女裝，滿身香氣，戴手鐲、頸串、耳環、戒指，她就是這樣裝扮，很嚴肅的在宮庭露面。』

她在巴黎出玩常引動許多好事的人，只要她在大街上走就有許多人跟隨她。有幾段有趣的故事說她這次到巴黎的情形。有一次有一個女人對她說道，『騎士，我記得你是男人的時候有很美的腿；』她一面拉高裙脚，說道，『你若還想再看，這就是我的腿。』她自己往往拿她的裙子同女帽當笑話說，有一次她說道，『我做過營長之後降作一個小軍官，實在難爲情』（法文『小軍官』有兩解，其一解作女人帽——原註。）

有一個雜誌說道，『我們的女英雄特安小姐頦子同胸口長得很好看，宜於做女人。她從前製過一簇鬚，下頷還有幾條毛，她當時剪鬚；她臉色好看，身高約五尺四寸，她屈膝行禮而不動股，屈膝屈得很快。有人勸她搽胭脂，她說她曾試過，她的臉不受胭脂。』

特安小姐難以掃除從前的男人習慣，有人說道，『她從前扮男人，習慣於招呼女人，現在難以禁止不招呼她們；當她在席上坐近女人的她還是同她們倒酒；當喝咖啡時，只要女客喝完咖啡，特安立刻起來接空杯放在桌上。』——女人們承她這樣的照應必定覺得有點好笑。

這個小姐穿上女人服裝，屢感不便，有時有許多好事的人都注視她，她就同怕羞的女學生一樣，用手籠子遮臉；她於是哀求准她每星期穿六天男人衣服，到了星期日或慶節日才穿上裙子——官吏不准。

她歸隱於本鄉數年之後就離開法蘭西，永遠住在英國，全作女人打扮。她住在英國還是擊劍過日子，她擊的本事實在好，就有人請她同國內的最好劍術家當衆比賽。有一次當着太子的面同享歐洲大名的劍術家聖佐治比賽；她雖然穿了三條裙子，行動不便，她不獨擋開她的有力的敵人的撲刺，她還觸着他的身上。他雖劍術巧妙，也不能避免這一擊。

讀者要記得到了這個時候特安已是六十歲，聖佐治卻正在盛年。其後不久她又當英國太子之面在京士(King's)戲院耍劍，戴上頭盔，插上鳥羽，代表司才藝的女神或貞德(Joan of Arc)。她在牛津及其他十幾處市鎮耍劍，有一次受了重傷，動不得，病了好幾個月。

這個奇怪的又男又女的人晚年貧困得很可憐。雖然有人替她捐款，遊藝園的經理們雖然曾把幾個演藝的收入都給她，她還是很貧，只好變賣首飾及金銀器具——一副耳環賣了一百五十五鎊，一個金鋼鑽十字架和鏈子賣了一百十鎊。她把變賣得來的錢還債，沒得餘剩，只好靠幾個好朋友的捐助及一筆五十鎊的年款過活，這五十鎊是昆士博里(Queensberry)公爵籌給他的。

有一個人說道，『特安的晚年住在離某戲園不遠。她常穿黑綢子衣服；快死的那兩手她像一個被年紀及憂慮所折磨的女人；』她自己的記載說道，『她每日只是飲食、睡覺、祈禱，同她的朋友及女房東寫字、做事、補內衣、袍子及帽子。』

她過了八十歲就不能起牀，日見其衰弱，一八一〇年五月三十一日早上無所痛苦而死。她的祕密曾侮弄與迷惑歐洲五十多年，現在卻不能保守祕密了。他之一死就顯露出來是個男人，有一個醫生當着一個伯爵與爵士之面剖解特安的屍身，出立一張憑單，說明特安是個男性，只是男性。單上卻說道，『安特的喉嚨並不像男人的喉嚨，兩肩是方的，胸脯極其豐滿，兩臂，兩手與手指是肥大女人的：臀卻極小，腿及足與手相稱。』

既把這樣的情形一宣布，全個歐洲都驚異，特安的女房東尤爲驚異，因爲和特安做同伴好幾年，向來不疑心她是個男人；她一聽見這個發明，糊塗了好幾點鐘。

——黎明世界文學

新娘之夢

費爾坡茲原著　葉啓芳譯

費爾坡茲小傳

費爾坡茲(A. E. Phillpotts)是英國的女作家。她在幼年時，就開始寫作，到十八歲就過着筆耕生活。她的父親，也是一個小說家。

一個新娘在她結婚日之前一夜，最末次睡在她父親之屋裏。她的父親原是一個鄉村教區之牧師，他正要在明天把他的女兒，嫁給一個年青之水手，他叫李查德高拉連。高拉連的家庭則正和牧師的房宅相聯結。兩家祇隔着一個樅樹的籬笆和草地，兩家的家人是可以互相看見的。

這一對青年，在一年以來，已經彼此相識了，相識了半年之後，他們便互相愛悅起來。

依利法蘭德直到中夜之後，還很爲清醒，但後來，到底因爲神經過於興奮而疲倦，便倒身睡去。帳幔還自扯開，窗門亦沒有關閉，因爲這是夏天時節，而該夜又很和暖的原故。月光照在牆上，並且模糊地顯示着這一個睡人兒。她的美麗長髮紛披於枕上，她不舒適地睡着。她的美麗而天眞之面孔現出煩惱的顏色，她的兩頰紅熱。她是一個十九齡之女子。

緞製的和有花邊的結婚衣裳，掛在一個衣櫥之上，在睡牀之下又放着一個新衣箱，準備着爲蜜月旅行之用。除了女子之外，在桌上還站立着一幅她的新郞之大相片——一個穿着海軍上尉制服的絕對美麗之青年男子。這一幅相片，當她睡着之時，正對着她。

依利法蘭德忽然醒覺，帶着恐怖之情緒醒悟起來，望着這一張相片，伸手握着牠，並且用一種恐懼和愛悅的熱情把牠緊抱着在她之胸前。她繼續着吻接相片，潸然落淚。

『這是第三次的來臨了！』她沉吟地說道。『唉，在結婚之前夜，我是怎樣地恐懼啊！』這樣一個令她驚醒的可怕的情境，其原因實爲一夢。這一個神經興奮的生物於是便開始歇司底里地哭泣起來，直到她緊握着相片，把牠放在心坎去。

『假如牠眞正地來臨！』她想道。『假如有某一個人在最後的一瞬間把我們分離呢！但是這卻確實不可能的！』

她從牀上跳起來，跑到窗前去，傾身窗外，在月光之下，清楚看見她的情人住宅之輪廓。他所睡着的地方，相隔不過一百碼。她看了她的時錶——錶針正指着二時三刻。

依利法蘭德爲夢境所糾纏，這一個衝動和恐懼的生物，忽然活動起來。她敏捷地把她的身體裹在一件斗篷之中，爬到窗架去，而且不驚動屋中別人，便憑着枝條接觸着窗檻的一株堅實的樹爬下去。她的頭髮絞纏着樹枝，但她扯開牠，平安地落到地面。兩秒鐘之後，她橫過草地，扳過籬笆，站在李查德窗下。於是她採摘屋旁一株矮樹的一節新枝，把牠擲擊玻璃，但未到便跌下了。她再試一次，這一節新枝到底抨着玻璃，發出一種柔和的聲響了。她又重復這種舉動，而其報答便是她的愛人之面容顯現於窗外。而且低聲叫道：

『依利法蘭德！』

『放我進去罷！』她回答道。『唉，放我進去，李查德。』

他躊躇，他退入窗裏，後來他再現於一扇很低的窗門之內，這扇窗門開放着像一扇門。依利法蘭德跑到他的面前，她的手臂緊抱着他，而且吻接他。他是一個身材很高的青年，而且具着一種美麗的和寬容的面貌，他的相片確實不是形容過度的。

『依利法，(一)這是什麼事情？』他把這一個驚惶失措的生物帶入屋內時，問道。她倒身於一張椅子之

(一)『依利法』爲『依利法蘭德』之親暱的簡稱。

上，他曲膝坐在她的旁邊。撫摩她的雙手而且弄妥貼她的亂髮，竭力地來安慰她。

『我再次夢見牠，』依利法蘭德緊靠着他說，『這是第三次了。』

『你夢見什麼呢，我愛？而且，到底這是怎樣一個夢境呢？你不要爲一個夢而感覺着恐惶啊。』

『第一次在三年之前；第二次在二年之前；現在第三次便在今晚。……我夢見我正在一間黑暗的禮拜堂之中，我在那裏正舉行婚禮，但是和我結婚的卻是一個陌生人——這一個人是我以前並未見過的，他亦不理顧我，而且在婚禮既成之後便離開我，走他自己的路了。於是祇剩得我留在黑暗的禮拜堂之中。唉，我怎能描寫當時我所具着的寂寞之情緒呢！我被遺棄得像一個亡人和遺棄者。不過我總不能把我不幸情境之觀念告給你罷。』

『什麼，這祇是一個夢而已，我的甜心，』李查德答道，吻接她無限次數。『你怎能夠讓一個這樣的幻像令你煩惱呢？』

『他——這一個夢裏丈夫——是一個中年以上的人，身長而沈靜——我看見他非常清楚，像我能夠看見你一樣，』她繼續地說道，她用這幾句說話來回報他的撫愛。『他並不理顧我，像一個人形玩具一樣。但是我們竟然結婚，婚後他卻跑去。……我夢見這樣的事情已經三次了，我總以爲這在我的婚期前夜中之一個惡兆罷。』

新郎竭力來安慰她，而且竭力來消散夢境之勢力。他寵愛依利法蘭德，雖然她對於他，很像一個非實際的人物，她像仙女，像天神，而且充滿着荒謬的幻想。她似乎還未曾把童貞之影響丟棄；就連她的面龐仍還留存着兒童之表現。他爲她而嘆息及沉思。

最後他勸她回她的家去。他們靜靜地走過草地，她的每一步都懷着恐惶。他注視她平安地爬入她的屋裏。她在屋裏把她的手吻給他，後來便在影中消散了。

依利法蘭德起得很早。她的母親和妹妹爲她的婚期而忙亂起來，直到穿衣而赴婚期的時候；她的父親爲她而祈禱。因爲禮拜堂緊接着他們的屋，所以他們便步行而去。一大隊羣衆會集着注視結婚的行列，而其中的每一個人都沉吟地訴說依利法蘭德的美麗顏容。太陽已經部分地驅散她的夢境之效果，但她的面容仍顯出怯懦而慘白。

現在她覺着她自己在聖壇門，站在李查德的旁邊，她的父親則站在他們二人之前面。婚禮的儀式進行，應該是以結婚指環放在新娘的指上。在這一個時間，這兩個愛人已經準備着互相看着對方之面龐，依利法蘭德轉着她的頭以接見他的眼睛。當她這樣做的時候，大衆齊集上來，正要看看他們成爲夫婦，但大衆忽然恐怖地聽見一種銳聲的呼叫，而且看見新娘昏暈跌在她的父親之胸前。

有幾個人便衝上前去；李查德抱着這一個可憐的女子在他的手中，而且把她放在聖器室之內。婚環跌在地下，滾入一個格子之內，直到後來纔把牠尋獲出來。

這一個青年的男子充滿着憂慮，把依利法蘭德放在地下，從她的頸部撕開衣緣之花邊，把他的耳朵貼近她的心房；心房還自跳躍。

一個醫生已經找着了，當他診察這一個昏暈的女子時，大家都靜默着。『她似乎爲極度驚駭所侵襲，』他說道，『把她立刻擡到家中去罷。這不是一種重要的病症；她的心房還跳動呢。』

這一個倒運新郎覺得稍爲安心，但差不多墮下眼淚了，把依利法蘭德抱在心房之前，吻接她的白面，頻頻不已。他已經覺不着有別人站在他的身旁，並且似乎因憂傷而顛狂了。

當依利法蘭德回復她的知覺之時，她已在她自己的房裏，她的父母斜靠着她。當她注視他們的面孔而加以辨別之時，他們快樂地呼叫起來，並且急忙盡力安慰她，她的父親則以安慰的詞語，她的母親則以希望之撫慰。她的第一件事件便是看看她的指環——手指還是裸露，沒有把指環加於其上。她還未成爲他人之妻子，她感謝地嘆了一口氣。

在二十四小時之內，沒有一個人問過依利法蘭德，爲什麼她在和李查德結合之時，忽然可怖地昏暈起來到後來這一個青年的男子纔被允許探視她。

她以一種可愛的然而憂鬱的眼光來接待他，而且帶着一種厭棄的姿態。他的憂愁已經深深地刻印着他，但他祇須要有她的愛情之保證，和她的健康復原之徵兆，便可以把他的愁雲驅去了。可恨兩者她都不能供給他。她的面容本來常常是嬌嫩的，但現在卻現出將死的神氣。她不再像尋常的習慣，把她的自己放在他的手臂中，但卻躲離他的擁抱，而且當他大聲呼叫的時候非常悲傷地注視他。

『唉，依利法蘭德，吾愛，我做過什麼呢？你怕我麼？當你在禮拜堂注視我的時候，你看見什麼呢？一個兇惡之人麼？你以爲我能夠傷害你或者不忠於你麼？你不曉得你就是我的生命，如果沒有了你，我便比死還難過麼？什麼使你這樣震驚呢？』

『我告訴你罷，』她說道。『當我們將要結合之一瞬時，我注視你，按照着我們以前締訂過互相注視對方面龐的時候；但當我注視之時，李查德，我卻沒有見你；我所見的，是——』

她非常戰慄，他上前去撫摸她，但她卻加以拒絕。

『我見我夢中之丈夫。我明白地看見他，然而我當時卻確實淸醒，像你現在之淸醒一樣，並且當時禮拜堂也並沒有異樣的變遷。我本來注視你，然而他竟站在我的身旁。所以我便尖聲叫喊起來而且暈倒了。』

李查德大聲叫道，『這祇是你的想像而已，依利法；你不能夠眞正地看見他啊。』

『我確實見他如同現在見你一樣。唉，狄克，你不相信我麼？』

依利法蘭德開始哭泣起來，李查德蹙眉不語，注視壁上。他仍如以前一樣愛她，但他不曉得這一個女子之非常的恐懼。他以爲這些恐懼實爲精神刺激過甚之幻像，而且是一種自然的興奮性質之幻像。他竭力地忍耐着，而且仍然堅定，最後向她說道：

『婚禮之刺激和準備侵襲着你了，我的最愛之人。我曉得我們將來應該怎樣做了。我們不要在這裏結婚，而且我們也不要一個公開之婚禮。你將來和我在倫敦會合罷——我將來去得獲一種特許，而我們將來要在一個沒人曉得我們的地方，靜靜的結婚去罷。』

『唉，不！不！』她大叫，破聲大哭。『他在將來是會再次遇見的。我將來必會見他，在結婚之瞬時，還是見他而不見你的，李查德！李查德！你最好還是聽我馬上和你分離罷。我決不能嫁你了。』

『依利法蘭德——依利法，你不曉得你自己說什麼了。你是病的啊。你說亂話了——』

『我決不能嫁你，』她悲慘地重覆說一次。

李查德覺得他的新娘已經不願見他；她病，她頭腦暈眩，所以應該讓她先回復健康，以後纔能爲將來之計劃。因爲有這種信念，所以他便暫時和她爲一次可愛的辭別，向她的父母解釋這一件事情，回家去，希望在一二日之間，依利法蘭德總會走到他的身旁，求他再準備他們結婚之第二個日子。

不過這一種想望卻不會達到，而且在第二日之末，因爲他之渴望非常深切，所以便再去找她。那個時候，依利法蘭德似乎已經完全安靜和復原了；她的舉止中已沒有神經興奮和恐懼之痕跡，然而卻表現莊重，大方，和節制。他擁抱她，但她卻不還報。

『你似乎現在已經很好了，我的依利法，』他說道。他假裝着一種未曾覺着的信念。『以前一切都忘記去，你還是決定一日爲我們的婚期罷。』

『我沒有改變前兩天之決志，李查德，』她回答道，悲慘地搖動她的頭。『我不能嫁你。倘若你以爲我破約，請不要歸罪我罷，因爲我確信我的夢境和在禮拜堂中之異象或怪狀實在是從上面差遣來的一種警告，或者是從某一種我們所不能夠瞭解的權力所差遣來的一種警告。我不能夠反抗牠，也不願意反抗牠。』

『依利法蘭德，』他慢慢地說道，『我以爲你到今還是在夢中罷。』

她沒有回答，而他又發言了：

『這樣看來，這明白是你不再愛我罷了；或者你永不注意於我了。唉，你怎樣能這樣待我呢！你磨難我了。』

依利法蘭德走向他的面前，吻接他，把她的眼淚混在他的眼淚之內於以證明她實在愛他，連他所步行的地面也是她所戀愛的，不過她仍說她不能改變她的決志。他懇求她丟開這些變態的幻像，忘記夢境而趨就他，但她卻決意不再爲人所搖動了。經過一次痛苦的場面之後他們便爾分離，李查德回家去。

這樣他們便分離了。在他們之間還來往過幾封絕望而多情的信札，但此後，這一個靑年便回到他的軍營，對於她的生活也煙消雲散了。

幾年過去了。依利法蘭德的父親已被派委爲倫敦的一個敎區之牧師，他的家庭也便遷到首都去。她的母親死了，她的妹妹也已嫁去，於是便祇剩着她留家與父親同居，成爲他家庭中之主婦。那個時候也有別些求愛的人來見她，但沒有一個接觸到他的心上的。她的美麗逐漸增加，而且她不再是一個天眞孩子了。她的神經過敏的性質逐漸變爲一種同情與神祕之性質，她引動各種型式不同的人，尤其吸引那些具有智識心能的人物，雖然她自己卻並不聰慧。她從前對於李查德之戀愛，與其說參預於一種深沉而永久的熱情中，不如說祇參預於一種年靑熱感之性格，到現在已經逐漸消失其痛苦之尖刻性了。在五個年頭之內，除了一種偶然記憶的夢境或心疾之外，其牠差不多並沒有什麽。她也已經曉得李查德已經結婚而且成爲一個孩子之父親了，她的禮拜堂和陌生的丈夫之舊夢決不再顯現於她了。

當依利法蘭德二十五歲的時候，一個奇怪的經驗佔據着她的生活。她的父親現在是一個很聞名的宣敎師，他有一種習慣便是每月都開一次偉大的餐會，這一個餐會不特是享宴友人，而且用來款待那些表示願意見他的生客。在這些集會之中，依利法蘭德充當主席，於是每一個賓客通常都可以有一種特權，在晚上和她有幾句談話。

一晚，當她和她的父親在餐會之前接見賓客之時候，一個中年男子，名喚格蘭德先生，進見。男女主人都不認識他，因爲他之來見由於他人之介紹，而其介紹人在那一晚卻沒有來。這一個紳士以嚴肅顯著；他身高面髮作灰色，帶着一種疏闊的神氣，但卻不能遮掩他的可愛之態度和一切殷勤禮貌之特點。

當依利法蘭德一眼瞥見格蘭德先生之一瞬間，她立變慘白之色，眩暈欲墮，其後便屹立如石像。這一個生客看見她的非常舉動，便以爲她錯認了別人，立刻向前問候她，藉此以消失其幻想；當他對她鞠躬之時，她報之以沮喪之微笑，此後她道了歉意之後便離室而去。

這一個男子在她的後面神情惶惑地注視她，他以爲他自己或者違犯了粗俗之罪過，幸而她的父親以下述的言語安慰他：

『請你不要覺得不安罷，先生；我的女兒是服屬於奇怪的幻想之下的。當她童時已見過異象了。』

此後，他便開始談論東方語言的問題，因爲格蘭德先生是專門東方語言學的。確然他被人稱爲對於該科大有天才，比之當時的其他人物都遠勝過。

依利法蘭德再在晚餐之中顯現，但她連一瞥放射於這一個語言學者的那一個方向都避免了。她面色仍然慘白，或者甚致於灰白，對於身旁賓客之問答全然心不在焉，答非所問。所以他們都說道：『依利法蘭德今晚實是在於一個恍惚出神的狀態了。』

然而亨法利格蘭德卻頻頻注目於她，而且渴望地追尋爲什麼他的顯現會令他驚恐。後來當會客室充滿賓客，而且每一個都尋着對方談話之時候，他找尋她，最後見她和一個老年的貴婦談話，而當他顯現之時候，那個貴婦便離開她。依利法蘭德也想離開，然而亨法利說道：

『請恕我，你能夠告訴我，爲什麼在晚會開始之時我這樣不幸地驚嚇你呢？祇求你把這一件事情告訴我，此後我決不再在我的社會中騷擾你了。』

他說得非常古怪，但在這一個年青少女之前柔和地微笑以令她安心；不過在她的回答之時她卻注視地上，說道：

『我怕我不能夠告訴你罷。』

這怕是不仁慈而令我煩惱啊。』

『請你恕我，這是不能告訴你的。』

『然則你對於你的記憶必有很好的理由了。我之來臨實是一種痛苦的激動了——』

『是的，一種偉大的激動。』

『難道你錯認我爲另一個人麼？或者。』

『是的——我以爲我在前時已經見過你。』

『是嗎，我在前確曾一次住在你父親的B教區之內——，那時我還是一個青年。但我卻不記憶在那裏見過你，並且當時你還是一個孩子罷。我想，我們以前是不會見過的。』

『我不能夠記憶了。』

『我很可惜我竟令你發生這樣不良之印像，』格蘭德先生微笑說道。『請求你忘記他罷。你願意麼？』

『唉，不，我決不能忘記牠，』依利法蘭德以一種令他驚訝的誠懇的聲調說道。

『在這一個情境之中，我怕你願意我離開你罷。好了，願你安樂。』

依利法蘭德再以一種古怪的微笑注視她；她忽然地仰目還看，赧顏而微笑，於是便很快地走開，祇剩他注視其後影。

在晚上他再要找尋她，但她已離開群衆，獨自關閉在她自己之房內了。

『這是什麼意思呢？』她想道。『這裏所見的實爲我夢中影像之肉體。這不特是顏容相像，便連他的一切都和幻像相符合；不過牠卻眞是一個人格罷了。幸而他似乎很友愛——不像我在夢中和他結婚的那一個陌生人之無情義。』

格蘭德先生對於依利法蘭德實在不懷有很深刻之印像，像她對於他之印像那樣深刻。他已是四十五歲的人，他決不能成功地吸引一個婦女，和他發生戀愛。然而在那一晚，雖然祇有五秒鐘，而依利法蘭德吸引他的力量很強，二三日間，他都不能回轉他的精神，研究外國言語，而卻迴旋於她所曾經說過的幾句話之內。他覺得要決定再次探視她，而且找出在他們相會之時令她驚訝之原故。

他探訪依利法蘭德而依利法蘭德也接見他。他曉得她喜悅見他，但他們卻都不提及她的前一次之舉動。他們會見凡半小時，談論平常的問題，其中大部份都是很乾枯的，然而在其會見之全時間中，一種精神之沉默的結合逐漸發展，其最熱情的詞句和姿態已能夠領導他們爲更密切之團結。他們早已互相愛悅了。

依利法蘭德本來具着一種性質，便是不容易爲人類的關係掃除其本有性質之根株，但是一旦爲旋風所把捉，則她便把全生命拋在運命之下了。一種世間性質之預料決不能夠煩惱她；她要決定完全投入戀愛之內。亨法利之情感雖然沒有激烈刺激和不負責任之性質，但卻具有性質相同之能力；在他們之間，有時很久都沒有互相酬答一語，或一種熱情之注視。他們繼續着這種快樂而安舒的無言之美感，在他們彼此同伴之間已經到記着初步之戀了。

一日他們互相在郊野散步，他們要在這一次散步中準備着他們之探險了，亨法利對他的同遊侶說道：

『依利法蘭德，你永不把在那一天晚上，你當我如同一個鬼物一樣的原因告給我麼？』

『不能——或者永不能告知你罷，』她答道。

『告訴我多少關於她將會能够告訴我的觀念罷，因爲我決定那一個時間必會在將來來到的。』

『我以爲你沒有應該曉得這個原因的理由。』

『或者我是你的兄弟——你可以告訴我麼？』

『唉，不——確實不能。』

『不！』

『然則是你的叔父罷，如何呢？』

『你的父親呢？』

『仍然不能——我的父親是不應曉得的。』

『是嗎——或者我是你的——丈夫呢？』

她躊躇了片刻，其後便面呈深紅色，微笑而再說『不。』

『唉！』他叫道，『你的躊躇，其意義便是允許了。所以我現在決不停止，直到你應許嫁給我；因爲我決意要探求這一件祕密。』

他歡愉地微笑了。但依利法蘭德卻出乎他的意料之外，轉身向着他，嚴肅地說道：

『說到這一件事情，我已經和你結過三次婚了，而每一次你都遺棄我獨獨留在黑暗的禮拜堂，你卻遠去了。』

『你所說的是什麼？爲什麼你完全改變了。依利法蘭德，吾愛，你在夢境中了。這是什麼？』

他非常震驚而且第一次把她的手放在他的手中緊握着。

『當，』她繼續說道，『當我站在我以前已經決意嫁他的這一個男子的身旁而注目望他的時候，我卻看見你。那一次震驚太大，令我昏倒，並且把我的婚約破裂了。』

享法利求女子把這些奇特的說話加以解釋，她便照辦，把她夢境中的故事之每一種詳情敍述，並且敍述當那個與她夢中丈夫相類似之人物站在她的身旁之時候的恐怖。

『你或者不相信罷，』她說，『不過這完全是眞的。而且現在——現在我曉得其原因了。』

他吻接她而且說道：

『是啊，我完全相信的，依利法蘭德。你是決定等待我的——而我也是等待你的——你自己的純粹精神阻礙着你離開我罷。一切新郎和新婦都應該是很幸運的罷。』

『雖然這樣，但你在夢中卻似乎並不愛我；你離我而遠去。』

『這祇是我們會面之時候未來的原故而已，吾愛。在那個時候，我還在遠方，不能和你同在一處。所以我祇能在夢中警覺你而已』

『這是如何的神祕啊!』依利法蘭德喊道,用她的手臂抱着他。

『唉,我的至愛的人,假如我錯過了你,則我所過的將是怎樣的浪費無用之生活啊!』

『至於我的呢,我已經錯過你了——當我差不多和別人結婚的時候!這是一個如何可怕的可能性啊!』

她的情緒非常劇烈,直到她差不多昏暈於想像之中。她在這一個男子之中纔找獲了她的存在之唯一解釋。

在三個月之內她們結婚了。最初他們住在不列顛博物院之近旁,在那裏,亭法利用他大部份的時間做研究之工作。但到後來,他們去東方旅行去了。他們的快樂非常完滿,當他們得獲一個女孩的時候,她與其說是對於他們歡樂的必要之增加,毋寧說是一種過剩的愉快罷。依利法蘭德非常愛她,因爲她實是她丈夫之一部份。

不過這一個女孩,當其逐漸長大的時候,雖然決不會缺乏了父母之愛情和照顧,也不會爲父母所遺棄,或聽受一種冷淡的言語,然而她總覺得她並不是家庭中之內在的殿堂。但無論如何,她卻很早便嫁給別人,而且定居於遠方,而依利法蘭德和亭法利卻以爲他們的生活實同是一個人,不過分爲兩個形式而已。他們既不會因爲對方而稍微有所減少,而且也不會對於他一個人而感覺着具有吸引力。依利法蘭德常常說道:

『假如你比我先死,我必跟着你去,亭法利。我沒有你是不能够生活的。』

他卻爲如下之答覆:

『依利法蘭德,如果你尚生存,我怎能够死去呢?這在將來是不會遇着的。』

然而這終會到來。在他們婚後二十年,依利法蘭德的丈夫受了寒,逐漸成爲肺炎,他已接近到死亡之點了。他對她的最末一句話是:

『依利法蘭德，假如我能够，我是必會回來見你的。』

『在你有時候再來探視我之前我必和你同在一處，』她說。

他死了；但她卻沒有消失她的悲哀。她所忍受之憂愁確實沒有她在以前所預料的那麽大。一個肉體不見了卻似乎沒有割開這兩個靈魂，而依利法蘭德也沒有覺着她自己和她丈夫之間的悲劇之分別。然而在可見的方面他不會再見她了，她由此便歸結說他的精神已經找着了永久的安息了

現在依利法蘭德決定獨自生活了，而且決定以其生活之餘暇，搜集她丈夫所工作的各種東方文學譯品，加以印刷。她的工作很慢因爲她沒有智慧上之偉大能力，她工作了十年，把她差不多全生活在鄉野間獨處着。她的女兒已經遷到外國居住，她們之間，已很少見面了。在這些日子之中，依利法蘭德永未做過夢，或甚而永未墮落到恍惚出神之狀態，或忍受過無理性之恐怖。凡曉得她的人都以爲她是一個甜蜜的而不是膽小的生物，她已包圍在一個已死的丈夫之記憶之中。

在她的生活之這一個時候，依利法蘭德在每一個夏天，必到一個荒僻的避暑地過兩星期，這一個避暑場很爲荒涼，還未爲太虛華的城市議會所損害。這是她每年之一個唯一的假期，在光明的早晨她便坐在日光之下，大海之濱，返想她的前塵而且空閒地注意於環繞着她的生活。

一日正當她自樂的時候，她看見一個年老紳士向着她行來，他白髮，刺蝟般的鬍子，而且具幾種美麗的特質，手臂中攜着一個少女。當他行近之時，他的眼光凝視着依利法蘭德，其後又再次注視她，重又細細地審視，並且當她在他身後時，他又轉身向她爲第四次之注視。她現在已經具着一種拘謹而枯萎的顏容，並且不當引動年老的紳士之凝視，所以她實在驚異於這一個老人之奇特及無禮之舉動。

她看見這一對男女轉向了，當他們來前之時候，她決意行開。在這一個時候，老人積極地注視她，把一個眼鏡嵌在一個眼睛之外，向他的遊伴沉吟細語。

依利法蘭德煩惱起來，當他們行遠之時候，她起身準備回她的旅店去，但聽見後面已經有一種敏捷的少年人之步履聲；這一個與無禮之老人同行的少女顯現，向她說道：

『請寬恕我，太太，我的祖父吩咐我向你提出他之道歉，而且他請問你是否卽亨法利格蘭德夫人？』

『什麼，是我便是格蘭德夫人』依利法蘭德猶預地答道。『難道我竟然認不出一個老朋友麼？』

『祖父！』少女高聲叫道。『她便是格蘭德夫人！』

於是這一個曾經冒犯依利法蘭德的尊嚴之堅實的男子急急趨前，和她拉手，就道：

『依利法蘭德——格蘭德夫人——我深信我沒有錯認。你忘記了我麼？然而自我們離別之後，已經四十年了。』

『唉——你是李查德罷，』依利法蘭德沉吟地說道。『你是高拉連將軍了。』

將軍滿意地微笑，說道：

『彼此隔離得太久了，所以自然會在一日相會。你以爲對嗎？』

他的孫女很快便離開他們，跑到別處找尋她的少年伴侶去。此後，這兩老爲半小時之散步，每人都說述他們所以爲值得敍述的生命史。依利法蘭德很快便曉得她的老愛人現在已成爲第二次之鰥夫，並且熱烈地追求一個太太，不過不要年青的女子——因爲他是一個聰明而富有常識的老人——以爲他的第三個，或者也是最末一個的配偶。依利法蘭德之具有這樣的觀察，是完全由於直覺而不是由於解釋的。而且實際上李查德也已經這樣想了：

『造物主又把我玩弄在掌上了！我以前是一個怎樣幸福的人啊——不過第一次的失望卻是一個例外。這一個孤獨的婦人——或者這就是我確實戀愛的唯一婦人——又在我的足前了，在這一個最合時的時候。愿幸運直到末尾罷！』

他不再遲延地向她求愛。開設了好幾次茶會，同在海濱爲好幾次溫柔的散步，在陰暗的小叢林中談過好幾次話，歷時很快，似乎已經到達了提議的良好時間了。

他們坐在一株生在絕壁的旁面之山楂樹下，他說道：

『依利法，我現在曉得你的奇怪之夢境實有着一個目的的，而這一個目的已經差不多完成了。雖然我在當時，心房都爲之破碎，然而我也不會令痛苦之經驗敗壞了我的生活。而現在呢，准我勇敢地揣測我的報酬已經臨近到我的手中麽？除了對於那一個現在已經亡卻的人之不忠誠，或毀傷某種可愛的回憶之外，我能够眞誠地說我對於你之戀愛是決不凋萎的。我懷抱着牠在心胸之中，如同一種祕密，從那一天直到現在。依利法蘭德，沒有一個人聽過我說出你的名字，然而我在每早每晚之間，必說過你的名字。在我生活之每一日間，我必說過「依利法蘭德，晚安；」和「依利法蘭德，早安。」你能够在這些一切年頭之後，完成以前你差不多已經完成之應許麽？雖然你在那個時候曾經溫柔地拋棄了牠。現在在我們之前者還有什麽呢？』

依利法蘭德喟然長嘆，然而卻沒有怎樣感動。

『我很可惜令你失望，』她說道。『我怕這是不可能的了。』

然而這老將軍已經習慣於對待婦人的方法了，他仍繼續着他之求愛，不過依利法蘭德雖已不想離依法利，但還難於聽從他的話。

『我眞怕你不聽我的說話了，』李査德在最後以很酸苦的聲音向她說道，那時正當她以朦朧而精神不屬的詞句對答他的演說。

依利法蘭德答道，『假如我剛纔疏忽而不注意，請你寬恕我罷。我還想及我的亡夫。』

老將軍站起來，把他的帽子放在頭上，鞠躬；他曉得他已失敗了。

『我以爲你的丈夫必會寬恕我之唐突罷，』他帶着諷刺的神氣說道。但依利法蘭德立刻衝動地轉身，很像她還是一個少女一樣，而且大聲叫道：

『唉，李査德，不要褻瀆罷！我的丈夫必然喜歡我得有一個這樣仁慈的友人，不過他必可惜我不能更適合地報答我的友人罷了。』

她很快便看見他表現一種良好的詼諧情態，他們於是分離，此後亦不復相見。

老將軍仍復有他的時間找尋着別一個妻子，並且也是一個寡婦，不過不如依利法蘭德那樣少有的類型而已。在一個月內，她把這一件意外的事情忘卻了，回復到她的丈夫的遺稿上整理之工作；不過她也不再到那一個避暑場去了。

在她的暮年之間的一晚，她睡在牀上，但是醒着的，她覺得身體不很舒適，在那個時間，她的寢室之門打開，亭法利走進來。她以一聲歡喜的叫喊歡迎他，而且展開她的雙臂。他走進來坐在她的身旁，如同她的已往之慣常的行動一樣。

『我到這裏是最末次了，依利法蘭德，』他說道，帶着像煞有介事而且熱情之聲調。

一種奇怪的思想跑到她的腦裏，她問道：

『你還認識我麼？自從你見我之後，我應該是變改了很多罷。』

他不答，衹是微笑，她想道，『自然——他是時常注意於我的。』

『得你再坐在這裏，實是最好的事情啊，』她像一個年青而快樂的少婦叫道，並且很歡愉的大笑。他繼續微笑而不語；於是她說道：

『你想我和你同去麼？我已經準備了。但我覺得不很舒服。我們所去的是很遠的麼？』

她起身離開她的牀，去看她的旅行的外衣。

『是啊——來罷，』她的丈夫說道。『這是不遠的。』

依利法蘭德打開衣櫥的門去找她的外衣。

『我找不到牠，』她說道，在黑暗之中瞎摸。

『你不必需要牠了。』

「整理之工作還未做完啊，亨法利。我怕我還要很長之時間來從事整理牠，吾愛。」

「不要理牠了！」亨法利大笑答道。

「唉，再聽你的笑聲是如何美麗的事啊！」

當她覺着他的雙臂環抱着她而她也安適地倚着他時，她仍還找尋她的外衣。他似乎帶着她一同飛去，飛到她所不曉得的地方。

在早晨，一個女僕看見依利法蘭德在地上伸開手足，已無生氣。睡在一個打開的衣橱之前。她的心房已經停止不跳了。

「可憐的靈魂啊，獨自地一個人死在晚上了！」這一個女子帶着哭聲說道。

但別一個僕人卻回答道：

「是啊，當你去世之時還愛顧着許多親屬，比之把他們丟在你的身後而不顧，是會較好的，然而那一個曉得從死者看來，是那一樣纔能够安慰他們呢！」

——小說月報

幸福王子

王爾德原著　由寶龍譯

王爾德小傳

王爾德(Oscar Wilde)是英國的詩人兼小說家，也是近代唯美派的代表人物。他曾因某種風化事件，入獄兩年。有獄中記的名作。後來因爲貧病交迫，客死於巴黎。他的童話寫得很好，尤其是那篇幸福王子，深切動人，寓意純眞，可以說是世界的傑作。

城中屹立一根高柱，其上站着幸福王子的雕像。全身貼着純金葉，用寶玉鑲成眼睛，身懸腰刀，刀柄上鑲一粒發光的大紅玉。

這樣自然很受人贊賞。其中有一位市參議贊道：『他眞是臨風玉立般的美麗。』這樣說着，想從此博得自己也有藝術興趣的美名；他又連忙加上一句，說：『只是沒什麼用處，』這又深怕他人說他不是一個講實際的人。

有一個聰明的母親，對那哭着要月亮的娃娃說：『你爲甚麼不像幸福王子那樣呢？幸福王子夢都不曾哭着要什麼。』

又一個失意的人呆看着雕像，自己喃喃地說：『世間有這樣幸福的人，我眞歡喜。』

慈善學校的學生，穿着華麗的紅襖兒，披着乾淨的白圍巾，從教堂裏出來，有的說道：『他看來眞是一個安琪兒。』

數學教師說：『你怎麼知道呢？你又不曾見過安琪兒。』

學生答道：『噯，但是我們在夢裏總見過的。』這時數學教師就緊緊眉頭，露出一副嚴肅的神氣，因爲他沒有做過孩子的夢。

一天夜裏，有一隻小燕子在城上飛來。他的同伴們都在前六星期到埃及去了，只有他留在後頭，因他同那美麗的蘆葦發生了戀愛。他初次遇着她，是在早春時節，那回他正跟住一隻黃蛾在河上飛過，被她那纖弱的細腰引動了心，就停下來，和她攀談。

『要我愛你嗎？』燕子說，他很想立時飛到她身邊，蘆葦向他低低的點了個頭。從此他就繞着她飛來飛去，用翅膀打着水，水上激起銀色的波圈。這便是他求愛的表示，一個夏天，他都這樣表示着他的愛意。

別的燕子嘲笑他：『這眞是可笑的戀慕，她又沒有錢，親戚又多；』的確那河裏生滿了蘆葦。到秋天，他們就多飛走了。

他們走後，止剩下他孤獨一人，他也對於這意中人發生厭倦了，說道：『她又不會談話，我怕她或者是個風流女子。她成天這樣同風調笑。』確實的，只要風一吹來，蘆葦就行着最和愛的曲膝禮。他又繼續說：『我想她或者是善理家務的女人，但是我是歡喜旅行的，我的妻子照理當然也應歡喜旅行。』

他最後這樣對她說：『你能同我走嗎？』但蘆葦搖搖她的頭，她是絕對不能離家的。

他大叫起來：『你玩弄我，我到金字塔去了。再會吧！』他從此就飛了。

他飛了一整天，晚間才飛到城裏。他說：『我到那兒去投宿呢？我希望城裏有預備妥當的地方才好。』

後來他見高柱上的雕像。他叫着：

『我就住在那兒吧！那地方倒很好，新鮮空氣也很充足。』他就在幸福王子的腳邊棲下。

『我有一間金子的臥室了，』他向四週看了一次，輕輕地自言自語着，就準備睡覺了；但是，他剛才把頭藏在翅膀下，就有一大滴水落在他身上，他叫了起來，說：『眞是怪事，天上一點雲都沒有，星兒也很明亮，還會下雨。歐洲的天氣眞怪極了。蘆葦是喜歡雨的，但只是她的自私罷了。』

這時候又落下一滴。他就說：

『如果連雨多過不了，這雕像到底有什麼用處呢？我還是去找一個煙囪罷。』他就決心飛開了。但他還沒有展開翅膀，又落下了第三滴，他擡頭一看——呀！他看見什麼呢？

原來幸福王子的眼裏包滿了眼淚，一滴滴從金腮上流下。他的臉在月光下是那樣的美麗，使小燕子動了情，引起同情心來了。

他說：『你是誰呀？』

『我是快樂王子。』

燕子問道：『那末你哭甚麼？你要把我淹壞了。』

雕像答道：『我還能活動的時候，我還有一顆人類的心，那時我根本不知道什麼是眼淚，因爲我住在無憂宮裏，那裏是從來沒有什麼憂愁的。日裏和我的同伴們在花園裏玩，到晚間，就在大廳裏跳舞，花園四週，是高高的圍牆，但是我從來沒有問過外面有什麼東西，我身邊的一切眞太美麗了。我的庭臣叫我幸福王子，如果快樂就是幸福，那末我的確是幸福的。我就這樣過活，這樣死去。現在我死了，他們使我站得這樣高，城裏一切醜惡，一切悲慘的事，我都可以看見，雖然我的心是鉛做的，我也忍不住哭了。』

『怎麼？他不是硬金的嗎？』燕子暗自說道。但他很講禮，也不就大聲說出來。

雕像又用一種音樂般的低聲，繼續說道：『很遠很遠那條小街上，有一家窮人。一扇窗子開着，我從那兒可以看見一個婦人坐在桌邊。她的臉又瘦又黃，一雙又粗又黃的手，全給針刺破了，她是縫衣裳的。她現在正在一件華麗的衣裳上繡着艷花，是爲女王手下最美的女官，下次在皇家舞會上穿的。她的小兒正患病，睡在屋角那張牀上。他熱度很高，想吃橘子。但他的母親除了給他河水喝，什麼也沒有，所以他的兒子正在哭着。燕子，燕子，小燕子，你不能把我刀柄上那顆紅玉拿去給她嗎？我的腳是釘死在這土臺上的，一步也不能動。』

燕子說：『埃及有人等我，我的朋友們都在尼羅河上飛來飛去，還和大蓮花談着話兒。不久他們就要到皇墓裏去投宿了。那國王睡在畫棺裏，身上裹着黃布，塗着香料。頸上掛着一串淡綠色的玉珠兒，一雙手活像兩片枯葉。』

王子說：『燕子，燕子，小燕子！你不能同我住一晚，替我作個使者嗎？那孩子是那樣渴，他母親又那樣難過。』

燕子答道：『我是不喜歡孩子的，去年夏天，我歇在河邊，有兩個撒野的童子，是磨房老板的兒子，常用石頭打我。我們飛得很快，他們當然打不着我；而且我的體上是有名的善飛者。但用石子打我總是一種無禮的行爲啊。』

幸福王子露出悲傷的神情，小燕子也很難過，說道：『這裏很冷，但我還是同你住一晚，就作你的使者吧。』

王子說：『謝謝你，小燕子。』

燕子就把王子刀上那粒大紅玉取下來，用嘴銜着，從屋頂上飛去。

他經過教堂尖塔，那裏雕着白大理石的天使。他又經過皇宮，聽見跳舞的樂聲。有一個漂亮姐兒同她的情郎走到露臺上來。他說：『星兒多怪啊！愛之力又是何等的怪啊！』她答道：『我願在國家舞會那時候，我的衣裳就可做好；我已經叫人在上邊繡些艷花；但是那些裁縫多是懶蟲。』

他又飛過河上，見燈兒掛在船桅尖端。又經過猶太街，見老猶太人在那兒做買賣，用銅天秤稱着銀兩，最後到了那窮人家裏，往裏一看。那孩子輾轉牀頭，他母親因爲太疲倦，早已睡着了。他就跳了進去，把大紅玉放在桌上，那婦人的頂針旁邊。他又繞着牀飛，用翅膀扇孩子的頭。那孩子說：『多涼呀！我一定就會好了，』說着就沈入了甜蜜的睡鄉。

燕子飛回幸福王子那兒，告訴他，自己怎樣辦妥了事。他說：『眞奇怪，雖然天氣很冷，我這時候覺得很暖和了。』

王子說:『這是因你做了一件好事。』小燕子開始思索起來,隨即睡着了。

天亮後,他飛到河裏去洗了個澡。一位禽學教授從橋上過路,看見他就說:『眞是怪事,冬天還有燕子!』他就把這事寫了一封長信,寄給本地的報紙。人人都引用那些話,有些話連他們也不懂。

燕子說:『今晚我要到埃及去了。』他這時非常期望的就是這件事。他遊覽了許多公共紀念碑,在教堂尖塔上坐了許久。無論他到什麼地方,麻雀兒唧唧的叫着,『多麼出衆的一位怪客啊!』因此他自己也就非常愉快。

月兒上升,他才飛到幸福王子那裏,叫着:『在埃及,你有什麼事沒有?我就要動身了。』

王子說:『燕子,燕子,小燕子,你不能再同我住一晚嗎?』

燕子回答:『埃及有人等着我哩!明天我的朋友們就要飛往第二瀑布,河馬睡在蘆葦叢中,門芒神(埃地阿伯王,像在底比斯,傳說每晨第一條光線照射時,能發琴弦之聲——譯者註)坐在花崗石寶座上。他成夜望着星辰,晨星一出來,他就愉快地大叫一聲,就再也不作聲。正午時,黃獅子跑到河邊來飲水。他們的眼睛像綠玉,吼聲比瀑布還響。』

王子說:『燕子,燕子,小燕子,城那邊有一間庭子閣,內有一個年輕人,我見他靠在一張鋪滿稿紙的桌上,傍邊一個花瓶,插着一束枯萎的紫羅蘭。他的頭髮是起波紋的黃髮,他的嘴唇好像石榴一樣紅,還生着一雙神經質的大眼。他正預備爲戲院導演完成一篇戲劇,但是他太冷了,什麼也不能寫。火爐裏沒有火,人又餓得憔悴不堪了。』

確實生就一副好心腸的燕子說:『我再同你住一晚罷!要我也送他一塊紅玉去嗎?』

王子說:『唉!我沒有紅玉了,我只剩下一雙眼睛,這是青玉做的,一千年前從印度採來。挖一顆去送他吧。他可以買給珠寶商,拿錢去買米買炭,完成他的劇本。』

燕子說:『親愛的王子,這事我不能做;』說完他就哭起來了。

王子說：『燕子，燕子，小燕子，照我說的做吧！』

因此燕子挖了王子一顆眼睛，飛到那青年的住所去。屋頂有一個洞，很容易進去。他就由這兒鑽進屋裏。那年輕人把頭埋在手臂下，所以沒有聽見雀兒飛的聲音，擡頭看時，美麗的靑玉，已經放在枯萎的紫羅蘭花束上。

他叫了起來，『我現在才被人贊許了，這一定是那個贊賞我的人送來的。現在我可以完成我的戲劇了。』他就露出愉快的神色。

第二天燕子飛到碼頭邊去。他坐在一隻大船的桅杆上，看船夫用繩子拿倉裏的櫃子。上來一個櫃子，他們就同呼着『吭唷吭唷！』『我要到埃及去了，』燕子這樣叫着，但沒有誰關心他，到月亮上升的時候，他又飛回幸福王子那兒去了。

『我來同你道別了。』

王子說：『燕子，燕子，小燕子，你不能再同我住一塊嗎？』

燕子答道：『現在是冬天了，這兒不久就要下雪。但是在埃及卻暖和得很，太陽照在綠棕櫚樹上，鱷魚睡在汙泥裏，懶洋洋地望着樹枝。我的同伴們正在巴力神廟造窩，紅白鴿子望着他們，一面互相咕咕的叫着。親愛的王子，我一定要離開你了，但是我永遠不會忘了你的，明年春天我給你帶兩顆美玉來，補償你給人的兩顆，那紅的比玫瑰還要紅，靑的比大海還要靑。』

快樂王子說：『在下面那條街上，站着一個賣火柴的姑娘。她把火柴落在水裏，一齊打濕了。如果她不賣了錢拿回去她父親會打她。她無鞋無襪，就連小頭兒都光着。把我那隻眼也挖了，拿去給她，她父親就不會再打她了。』

燕子說：『我可以再同你住一晚。但是我不能再挖你的眼睛。否則你不是完全瞎了嗎。』

王子說：『燕子，燕子，小燕子，千萬照我吩咐的做吧。』

因此他又挖了王子那一隻眼睛，飛下去。他在賣火柴的姑娘身邊掠過，輕輕地把寶玉放在她手掌裏。那小姑娘叫着：『多美的一塊玻璃呀！』一路笑着跑回家去。

燕子又飛回王子那兒，說道：『你現在完全瞎了，所以我要永遠同你住在一起。』

可憐的王子說：『不，小燕子呀，你一定得上埃及去才好。』

『我要永遠同你住在一起。』燕子說着，就在王子腳下睡着了。

第二天他終日坐在王子的肩上，把他在異鄉所見的一切講給他聽。他講那赤色的仙鶴，成列的站在尼羅河畔，用嘴捉金魚吃；講那獅首人身的怪物，說他壽同天地，住在沙漠裏，能知萬事；講那作買賣的人，慢慢兒在駱駝身邊走着，手裏都拿了琥珀珠；講那月山之王，說是黑如沉檀，崇拜大水晶；講那睡在棕櫚樹榦裏的大綠蛇，說有二十個和尙用蜜糕喂牠；還講到那小人國的人兒，說是坐在平坦的大樹葉上，在大湖中漂游，常同蝴蝶兒作戰。

王子說：『親愛的小燕子，你同我講的多是些怪事，但最怪的事，還要算世界男女的不幸。世間是沒有什麼比苦難更神祕的。在城裏飛一轉，小燕子呀，再告訴我你看見些甚麼吧。』

因此燕子就在大城上飛來飛去，看見那有錢的人在華麗的房屋中作樂，而乞兒們卻坐在門外凍餓。他飛到黑巷裏，見飢餓的孩子們那張蒼白的臉兒，模糊地出現在黑巷中。在一個橋洞下，有兩個孩子睡在那兒，兩人互相抱做一團，想圖暖和一些。他們說：『我們多餓呀！』看管的人說：『你們不能睡在這兒。』他們又只得徬徨在雨中了。

他回去，就把他看見的一切對王子說了。

王子說：『我身上全貼着金葉，你一定一張張把牠撕下來，拿去送給窮人們吧，世上的人都以爲錢是能使他們幸福的。』

燕子就把金葉一張張撕下來，直到後來，王子滿身多變了色，成了陰黯而灰色的人。他把金葉一張張飛送給窮人孩子們的臉就更紅潤了許多，笑着鬧着，在街上玩耍。他們都這樣叫着：『我們現在有麵包了！』

隨後就下雪了，下雪以後，又結了冰。街上好像是銀子做的，又亮又光；長長的冰條好像水晶刀一樣的掛在屋簷，許多人都穿了皮衣，孩子們戴着紅帽兒，在冰上滑走。

可憐的小燕子覺得一天比一天冷，但他又不能離開幸福王子，他是太愛他了。只得趁烘麵包的人不留心，在門外銜一些麵包屑來充飢，一面不住的拍着翅膀取暖。

到後來他知道自己就要死了。這時候，他只有再飛到王子肩上去的一次力氣了。他默默地說：『再會了，親愛的王子！你允許我吻你的手嗎？』

王子說：『你最後還肯到埃及去，我眞歡喜，小燕子呀！你在這兒住的太久了；但你一定吻我的嘴唇吧，因爲我愛你啊。』

燕子說：『我不是到埃及去，我是到「死之家」去了。死是睡的弟兄，不是所差無幾嗎？』

他吻了王子的嘴唇，隨卽倒在他腳下死了。

這時候，雕像裏面發生一種怪聲，似乎有什麼東西碎裂了。是那顆鉛的心裂做兩半，實是一種可怕的嚴凍。

第二天大早，縣長正同市參議在這條街上走過，經過高柱時，他擡頭望那雕像：『哎呀！幸福王子多狼狽啊！』

『眞是多麼狼狽啊！』市參議也這樣叫着，他歷來是一味附和着縣長的說；完他們又走近些細看。

縣長說：『刀柄上的紅玉落了。眼睛也不見了，也不是金身了，他比乞丐強不了許多啊！』

『眞是比乞丐強不了許多，』市參議也這樣說着。

縣長接着說道：『他腳邊上還有一隻死燕哩！我們非出一張佈告，不許雀鳥死在這兒不可。』市書記就筆記下來。

隨後他們把幸福王子的像推倒。大學裏的藝術教授說：『他已經不美麗，他也就沒用處了。』

他們把雕像在爐裏溶了，縣長又召集了一個會，討論如何處治這些金屬。他說道：『我們應當再建一個銅像，這銅像當然是我的。』

一般市參議說：『應當是我的，』於是他們就爭吵起來。最近我聽見他們的時候，他們還在爭吵。

鑄造廠的監工說：『眞是怪事啊！這破碎的鉛心竟不能溶解。我們把牠丟了吧。』因此他們就把牠丟在一個垃圾堆上，正好死燕也躺在那兒。

上帝對他一個天使說：『把城裏兩宗最可貴的東西給我拿來！』天使就把鉛心和死燕送去給他。

上帝說：『你們選的很對，因爲從此以後，這小鳥兒可以永遠在我的樂園裏唱歌，幸福王子可以在我這黃金城裏贊美我。』

——世界王爾德童話集

一個理想的家庭

曼殊斐爾原著　徐志摩譯

曼殊斐爾小傳

曼殊斐爾(Katharin Mansfield)是英國薄命的女小說家。她生長在紐西蘭(New Zealand)，是一個銀行經理的女兒。在英國讀書的時候，就以美慧著名。自小體弱，後來又罹肺疾，才到中年，就離人世。她的小說是純粹的藝術品，裏面的含意很深，要細細咀嚼，才能欣賞這樣的妙文。

那天下午老倪扶先生推出了（他公司的）旋門，步下三道的石級，踏上邊道，迎著滿街的春意，才知道，生平第一遭，他的確是老了。——老不禁春了，春又暖和，又殷勤，又匆忙的春，已經來了，吹弄他的白鬚，溫存地摟着他的臂腕。他卻是對付不了，他如今老了，再不能拉整衣襟，向前邁步，青年的颯爽，他沒有了，他是乏了，那時晚照雖濃，他卻覺得寒噤徧體。

霎時間他沒有了精力，他再沒有精神來對付明暢活潑的春，春情轉把他纏糊塗了。他想止步不前，想把手杖來揮散春光，想喝一聲「走你們的！」霎時間他沒有了精力，就是一路照例的招呼，把手杖來輕點着帽沿，招呼一路的朋友，相識，店夥，郵差，車役，他亦覺得老大不自在。他往常心裏爽快時，喜笑的斜睇總連着殷勤的手勢，彷彿說「別看我老，我比你們誰都強些」——如今他連這一比一瞬都辦不了了。他踉蹌地走著，把膝部提得高高的，彷彿他在走過的空氣，像水般變重了，變成實質了似的，那時正值散市，一路匆匆的滿是歸家的人，街車不住的郎當，小車不住的切察，汽車搖着巨大的軀體，滾旋地前進，那樣漫不經心的衝竄，只是夢想的。

那天在公司裏，一切如常，沒有發生什麽事，海樂爾飯後到將近四點才回。他那裏去了呢？他幹什麽來了？他不去讓他爹知道。老倪扶先生碰巧在前廊送客，海樂爾蕩着大步進來了，老是他那神氣，從容，嫻雅，唇邊掛着他那最討女人喜歡似笑非笑的笑。

啊！海樂爾太漂亮了，實在是太漂亮了，種種的麻煩就爲的是那個。男子就不應該有那樣的眼，那樣的睫，那樣的口唇；眞的怪。他的娘，他的姊妹，家裏的僕役，簡直把他神而明之捧；他們崇拜海樂爾，什麽事都饒恕他；他從十三歲起就不老實，那年偷了他娘的錢包，拿了錢，把空錢包藏在廚子的房裏。

老倪扶先生走着，想起了他，不覺狠狠的把手杖搥着地走道的邊兒。他又迴想海樂爾也不單讓家裏人給寵壞了，不，他的壞什麽人都有分，他只要對人一看一笑，人家就會跑到他的跟前，所以無怪他竟整個的公司也着他的魔，哼，哼！那可不成，做生意不是鬧着玩，就是根柢打穩准發財的大公司，也不能讓鬧着玩，要做生意，就得一心一意去做，要不然什麽好生意都會當着眼前失敗；可是一面夏羅同女孩子們整天的嬲着他要他把生意整個交給海樂爾，要他息着，享自己的福，自個兒享福！老倪扶先生越想越惱，爽性在政府大樓外面那堆櫻樹下呆着不走了！自個兒享福！晚風正搖着黑沉沉的葉子，輕輕的在咯嘎作響。好，叫他坐在家裏，對着大姆指不管事，眼看一生的事業，在海樂爾秀美的手指縫裏溜跑，消散，臨了整個兒完事，一面海樂爾在笑。……

爹呀，你爲什麽不講理？眞是完全的用不着，你天天的到公司去。人家見了你反而笑話你老態，說你神氣看得多倦，這不是讓我們也不好意思嗎？這兒有的是大房子，花園。還不會自個兒享福，單就生活換個樣兒也就有意思不是？要不然你就來一樣嗜好，消遣也好。

老臘那孩子就提起嗓子唱了進來『誰都得有點兒嗜好，要不然就過不了活。』

得，得！他忍不住惡狠狠的笑了，一面他使着狠勁在爬那小山，過了小山就是哈各德大路。他要是有了嗜好，夏羅和老臘那羣孩子，便怎麼辦？他倒要問問。嗜好付不了房租，付不了海邊的避暑，付不了她的馬，她們的高爾夫球戲，付不了她們音樂間裏跳舞用六十幾磅的傳聲機。並不是他捨不得她們化費。不，她們全是頂漂亮頂好看的女孩子，夏羅也是位了不得的太太，活該她們那麼混；真的是，全城裏那一家都比不上他們家那麼交際廣，體面。可不是，老倪扶先生每回在客廳桌上推着煙匣子讓客，聽的總是好話，稱贊他的太太稱贊他的女孩子，甚至稱贊他自己。

『你們是個理想的家庭，老先生，一個理想的家庭，彷彿是在書上念劇或是戲臺上看的似的。』

『算了算了，我的孩子，』老倪扶先生答道，『試試這煙看和事不和事？你要願意到花園去抽煙，孩子們大概全在草地上玩着哪。』

所以這羣女孩子全沒有嫁人，人家就這麼說。她們願意嫁誰都成，可是她們在家太樂了。她們整天的在一起玩，多麼樂，女孩子們外加夏羅，哼，哼！得了，得了！許是這麼會事。……

他已經走完了那條時髦的哈各德大路；他已經到了街角那所屋子，他們的住宅。進出車馬的門推在那裏；地上有新過的車輪痕跡，他面對着這所白漆的大樓，窗子滿開着，花紗的窗簾向外飄着，寬闊的窗沿上擺着玉簪花的藍磁花盆。車道的兩邊滿開着他們的紫陽花，全城有名的，一穗粉紅的，淺藍的花，像陽光似的和雜在紛披的葉子中間。老倪扶先生看看屋子，看看花，又看看車道上新印的輪跡，彷彿他們都在對他說此地有的是青年的生活，有的是女孩子們！

外廳裏還是老樣子，昏沈沈的滿是圍巾，洋傘，手套等類，全堆在那橡木櫃架上。音樂間裏有琴聲，又快又響，不耐煩的琴聲。客廳的門半掩着，漏出裏面的人聲。

『那末有冰其淋沒有呢？』夏羅的聲音，接着她搖椅的軋哩軋哩。

『冰其淋！』安栗叫道，『我的親娘，你從沒有見過那樣的冰其淋，就是兩種，一種是平常店裏的小楊梅冰，沿邊化的全是水。』

『那飯盤個懷得太可怕了，』瑪麗安接着說。
『可是。冰其淋總還太早點，』夏羅緩緩地說。
『怎麼呢，要有就得好；』安粟又開口。
『對呀！寶貝。』夏羅輕着口音說。
忽然音樂間門拍打開了，老臘衝了進來，他一見老倪扶先生站着，嚇了一跳，差一點喊了出來。
『嗄呵，是爹！你嚇得我！你才回家嗎？怎麼的查利士不來幫你脫外套？』
她滿臉羞得通紅，兩眼發光，頭髮落在額上，她氣喘得像方從暗裏跑了出來，受了驚似的，原來這就是老臘，是不是，但是她似乎把老子忘了；她等在那裏可不是爲他；她把持緊了的手絹角放在牙齒中間，恨恨地儘齧着。電話響了，啊啊！老臘吱的一聲叫，當着他直衝了過去。砰的一聲電話間的門關緊了，同時夏羅叫道：『爹，是你不是？』
『你又乏了，』夏羅抱怨地說着，她停止了她的搖椅，把她暖暖的熟梅似的臉湊上去讓他親吻。頭髮鑠亮的安粟在他的鬍子上啄了一下，瑪麗安的口唇刷着他的耳。
『你走回來的，爹？』夏羅問。
『是，我走回家的。』老倪扶先生說着，在一張客廳大椅裏沉了下去。
『可是你爲什麼不坐個車？』安粟問。『那時候有的是車，要幾百都有。』
『我的乖乖安粟；』瑪麗安叫道，『要是爹眞願意累壞他自箇兒，我看我們也沒有法子去干涉。』
『孩子們，孩子們，』夏羅甜着口音勸着。
瑪麗安可不肯停嘴，『不，娘，你寵壞了爹，那不對的。你得對他認眞點兒，他是頂頑皮，』她笑着她又硬又響的笑，對着鏡子掠她的頭髮。眞怪！她小的時候，嗓子頂軟，話也說不出口似的，她有時簡直是口吃，可是現在，不論說什麼——就是在飯桌上的『爹，勞駕梅醬；』她總是唱着高調，彷彿在臺上唱戲似的。

『你來的時候海樂爾離了公司沒有，我愛？』

夏羅問道，又把坐椅搖了起來。

『我不很淸楚，』老倪扶先生說，

『我說不上四點鐘以後我就沒有見他。』

『他說……』夏羅正要說下去，安粟在報紙裏亂翻了一陣，忽然跑過來，蹲在她娘椅子的旁邊叫道：『這兒，你看，我就的就是那個。媽，黃的，有點銀子的，你不愛嗎？』

『給我吧！寶貝，』夏羅說，她摸着了她的玳瑁眼鏡，帶上了，把她豐腴的小手指，輕撫着那葉紙，把她的口唇荷包似的捲了起來，『嘸，眞可愛！』她含糊小語着；她從眼鏡邊兒上面望出來，看看安粟。『我可不喜那裙飄。』（註）

『不喜那裙飄！』安粟哭喪着聲音喊道：『好的就是那裙飄。』

『我來，娘讓我看。』瑪麗安咄的把那葉紙從夏羅手中搶了過去。『我說娘對的，』她高興的喊說，『有了那裙飄，看得太重了。』

老倪扶先生，人家早把他忘了，一身沈在他坐椅的寬邊兒裏面，昏昏的假寐着，聽她們說話，彷彿在做夢似的。他眞是乏了；他再也使不出勁兒。今夜連自己的太太和女孩子們，他都受不住，她們是太……太。

他半睡着的在心裏所能想着的就只——他是大富了。在什麼事情的背後，他都看見有個枯乾的小老頭兒在爬着無窮盡的樓梯，他是誰呢？

『今晚上我不換衣服了，』他含糊的說，『你說什麼，爹？』『嘸！什麼，什麼；』老倪扶先生驚醒了，睜着眼向她們望。『我今晚上不換衣服了，』他又說一遍。

『可是我們請了羅雪兒，達文伯，還有華革太太。』

（註）『裙飄』Train，禮服後背曳地之裙條。

『那可不是春的不大好，一拆樣兒。』

『你人好過嗎，我愛？』

『你自己又不用使勁，要查士禮幹甚麼？』

『可是你要眞是來不得，』夏羅在遲疑。

『成，成，成。』老倪扶站了起來，自箇兒跑上樓，他方才隱約夢見爬樓梯的那個小老頭兒，彷彿就在他面前引路。年輕的查理士已經在更衣房裏等他，很小心的他在拿一塊手巾圍着那熱水筒。年輕的查理士，自從臉子紅紅的小孩子時候到家來收拾火爐以來，就是他得愛的當差。老倪扶先生一進房，坐下在窗口一張籐編的長椅上，伸出了一雙腿，照例開他每晚的小玩笑。

『查理士把他打扮起來了！』查理士皺着眉，深深的呼吸着，湊上前去把他領結裏的針拔了出來。

嘸，嘸！好，好！坐在打開的窗前很爽快很爽快——很溫和的黃昏，下面正有人在網球場上剪草；她聽得刈草器的咄咄。不久那女孩子們又要開網球會了。一想着球會，他就好像聽得瑪麗安的聲音盪着，『有你的，夥計……打着了，夥計，啊，眞好哪！』接着夏羅在廊下叫着『海樂爾在那兒？』安粟說，『他總不在這兒，娘。』夏羅又含糊地回着，『他說……』

老倪扶先生歎了一口氣，站了起來，一手摸在他鬍子的F面，從查理士手裏取過梳子，很當心的把他白鬍子梳了幾道，查理士遞給他一塊摺齊的手帕，他的表和圖章，眼鏡盒子。『和事了，孩子。』門關上了，他又坐了下去，就是他一個人……

現在那小老頭兒又在無窮盡的樓下漂亮的飯廳裏燈火開得旺旺的。

啊！他的腿！像蜘蛛的腿——細小，乾癟了的。

『你們是個理想的家庭。』可是那話要是實，爲甚夏羅或是女孩子們不曾留住他。爲甚他老是一個人，爬上爬下的，老是一個人。海樂爾在那裏？啊！再不要盼望海樂爾什麼事。下去了，那小小的老蜘蛛下去了。老倪扶先生心裏害怕，因爲他見他溜過了飯廳，出了門，上了暗沈沈的車道，出了車馬進出的門，到了公司。你們留住他，留住他，有人沒有！

老倪扶先生又驚覺了。他的更衣房裏已經黑了，窗口只有些慘淡的光。他睡了有多久？他聽着，他聽得遠遠地人聲，遠遠地聲浪，穿過這又高又大昏黑了的房子，傳到他的耳邊。也許，他昏沉地在想，他已經睡得好久了，誰也沒有記着他，全忘他，這屋子，夏羅女孩子們，海樂爾，——與他有什麽相干。他知道他們什麽事？他們是他的生人。生命已經在他面前過去了。夏羅已不是他的妻子，他的妻子！……黑沉沉的門口，一半讓情藤給掩着了，情藤彷彿懂得人情，也在垂頭喪氣，發愁似的。小的暖的手臂繞着他的項頸。一隻又小又白的臉，對他仰着，一個口音說道，『再會罷，我的寶貝。』

『我的寶貝！再會吧，我的寶貝。』她們裏面那一個說的，她們爲甚要再會？准是錯了，她是他的妻，那個面色蒼白的小女孩子，此外他的一生只是一個夢。

這時候門開了，年輕的查理士，站在燈亮裏，垂着一雙手，像個年青的兵士，大聲喊道，『飯已經端出來了，先生！』

『我來了，我來了！』老倪扶先生說。

——北新曼殊斐兒小說集

英國小說名著

中華民國二十六年六月初版
中華民國二十六年　月　版

改售實價　六角五分

編纂者　施落英
發行者　朱炎
　　　　啓明書局代表人
發行所　啓明書局
　　　　上海福州路四百號
經售處　全國各大書局

本書編號：221